万家灯火

中国梦·红色经典电影阅读

张照富 改编

中华工商联合出版社

图书在版编目（CIP）数据

万家灯火 / 张照富，严铠改编 . —北京：中华工
商联合出版社，2013.7
ISBN 978-7-5158-0592-4

Ⅰ.①万… Ⅱ.①张…②严… Ⅲ.①中篇小说—中
国—当代 Ⅳ.①I247.5

中国版本图书馆 CIP 数据核字（2013）第 157956 号

万家灯火

改　　编：	张照富　严　铠	
策　　划：	徐　潜	
责任编辑：	魏鸿鸣　臧赞杰	
封面设计：	赵献龙	
责任审读：	郭敬梅	
责任印制：	迈致红	
出版发行：	中华工商联合出版社有限责任公司	
印　　刷：	天津海德伟业印务有限公司	
版　　次：	2014 年 3 月第 1 版	
印　　次：	2018 年 4 月第 2 次印刷	
开　　本：	710mm×1000mm　1/16	
字　　数：	160 千字	
印　　张：	15	
书　　号：	ISBN 978-7-5158-0592-4	
定　　价：	29.80 元	

服务热线：010—58301130	工商联版图书
销售热线：010—58302813	版权所有　侵权必究
地址邮编：北京市西城区西环广场 A 座	
19—20 层，100044	
http：//www.chgslcbs.cn	凡本社图书出现印装质量问
E-mail：cicap1202@sina.com（营销中心）	题，请与印务部联系。
E-mail：gslzbs@sina.com（总编室）	联系电话：010—58302915

编委会

演职员表

编　　剧：阳翰笙　沈　浮
导　　演：沈　浮
摄　　影：朱今明
摄影助理：郭亦耀
制　　片：夏云瑚　任宗德
灯　　光：陆奇生
录　　音：张福宝
录音助理：伍　华　蔡明善
布　　景：丁　辰
美　　术：牛葆荣
制　　作：诸富祥
技术顾问：吴蔚云
配　　音：丁伯和
音　　乐：王云阶
造　　型：辛汉文
剧　　务：高　衡
场　　记：黄祖模
场　　务：梁英俊
道　　具：姚志荣
服　　装：曹　明
化　　妆：姚永福

剪　　辑：郐廷芳　傅正义
洗　　印：吴增荣　徐而前　周教大
照　　相：裘葛

剧情说明

　　这是一个发生在新中国成立以前的故事。胡智清是上海某贸易公司的一个尽职尽责的职员，一家租住在一间小公寓里。妻子蓝又兰温柔贤惠、善于理家，他们有一个七岁的女儿叫妮妮，胡家过着虽不丰厚倒也和美的日子。

　　智清的母亲住在乡下，但生活却越来越困难。胡母以为儿子在上海过着"花园洋房"的好日子，于是带着二儿子胡春生一家老小共五个人来上海投奔大儿子。没想到大儿子一家只有一间租住的房子，生活也不富裕。胡家空间狭小，胡智清又薪水微薄，任凭蓝又兰再能精打细算，也难以应付一大家子的开支。不久，房东太太好心地临时借给胡家一间空着的亭子间，胡家的生活一时竟也有了些欢乐。

　　而此时，公司老板钱剑如为炒美钞和黄金，关闭了贸易公司。不肯与钱剑如同流合污的胡智清也失了业。祸不单行的是，房东的亭子间也在此时被租了出去，全家人只好又重新挤在一间房子里。

　　胡智清的弟弟胡春生为减轻哥哥的负担上街去擦皮鞋，却遭到当地的地痞流氓欺负。为了躲避他们，春生逃走，却撞上了钱剑如他们。钱剑如佯装不知，打伤了春生。胡母因当年曾有恩于钱剑如，骂上门去，却难以讨回公道。

　　又兰本来曾上门恳求钱剑如再为胡智清安排一份工作，并被

— 1 —

钱虚与委蛇地支应了几句,以为有了希望。现看到婆婆得罪了钱剑如,心中极为不快,婆媳之间爆发了冲突,婆媳俩互相指责、争吵。怀孕的又兰赌气跑到了老同学家,胡母则带着春生夫妻和孩子们去了表妹阿珍的宿舍。

住在金家的又兰流了产。胡智清要安排一家的生活,又要为妻子治病筹集医药费,陷入前所未有的窘迫之中。这时,他在公共汽车上看到一个乘客丢失的钱包,捡了起来,却被人诬为小偷毒打,精神恍惚之中走上马路,被钱剑如的小轿车撞伤了。钱剑如匆匆逃走,智清被送进医院后一直处于昏迷之中。

全家人到处寻找胡智清。生活中遭遇的重大变故,却让大家齐心协力面对困难。经历着相同苦难的婆媳二人,也在相互理解中和解。

智清也从医院赶了回来,全家人团聚在"万家灯火"时。

序

　　曾经，拾起过草地上被吹落的发黄的银杏叶，夹在了日记里，再打开时，记住了那个秋天里青春的憧憬；

　　曾经，哼起过电台里被播放的欢快的流行曲，抄在了笔记上，再打开时，记住了那段岁月里相伴的愉悦；

　　曾经，流连过影院里被放映的精彩的故事片，存在了脑海中，再打开时，记住了那些回味里温暖的片段；

　　我们的曾经，是记忆的积累，留不住岁月，却留住了记忆。翻开日记时，银杏的纹络依然清晰，打开笔记时，歌词的墨迹仍然青涩。那些往事都留住了，只是在某个时刻，突然想起了那部电影，多少却有些浅忘，因为我们的笔记本里承载不了那么多的信息，只能记在脑海里，在岁月的洗涤中淡却了一些章节。

　　我们一直致力于电影连环画在读者中的普及，十年间制作了数百本电影连环画，发行量近百万册，在读者中建立了良好的口碑并取得了积极的社会效应。今天，我们将那些存在我们记忆深处的经典电影以图文版的形式制作成册，让我们重新回味那脍炙人口的故事，再度拾起从前那观看电影的快乐时光。

　　抬一把凳子，再也找不到露天电影；下一段视频，却没有充裕的时间观看；那么，就躺在床上，翻开这一本本图文本，将故事延续到梦里——记得那时年少，记得那时年轻，记得那时……

　　枕边，这一册册的电影图文本，还有一摞摞的日记和笔记本，都是我们记忆中的音符，目光触及时，在心里流淌成歌，相伴过的曾经，把美好的记忆延续到永远。

赵刚

2014 年 3 月 6 日

目　录

第一章

暂时平静的日子

这是一个发生在新中国成立以前的故事。在初秋的早晨，整个上海都笼罩在薄薄的烟雾里面。密集的里弄，紧紧相连的石库门房屋。在这里，居住着千千万万的普通百姓。在其中一座楼的二层楼上，住着伟达贸易公司职员胡智清的一家，小小的窗子外边是一个晒台。

☆解放前的上海，初秋的早晨笼罩着雾气。密集的里弄，紧紧相连的石库门房屋。这里居住着千千万万户普通人家。伟达贸易公司职员胡智清一家三口就住在其中。

女佣阿金走到胡智清的小女儿妮妮的床前，轻轻地推了推还没睡醒的妮妮。妮妮慢慢地睁开眼睛，看了一眼在床边上的阿金。阿金笑着指了指不远处的闹钟，妮妮一看，闹钟已经指向了七点四十五分。妮妮连忙爬了起来，让阿金把衣服给自己穿好。妮妮轻声地说："你不叫我，我也起得来。""哼，你呀！……"阿金忍不住笑出声来。

"哼，你呀！……"妮妮学着阿金的声调，顺手把洋娃娃抱了起来。阿金抢过来抛在床上，说："快点儿吧，赶快来洗脸，牛奶早给你热好了！"妮妮穿好衣服以后，顽皮地用大拇指向阿金做了一个鬼脸，阿金笑眯眯地走过去，用手扭了扭她的小鼻子，快步走了出去。

妮妮悄悄地走近母亲的床边，亲昵地凝视着母亲

☆小女儿妮妮刚被女佣阿金叫醒，她轻步走到妈妈的床边吻妈妈的面颊。妈妈又兰伸手把妮妮搂在怀里："我的乖孩子，你都起来了。爸爸还没起来，去拉他起来。"

又兰那慈祥而秀丽的面容，并且偷偷地用小嘴吻着又兰的面颊。又兰陡然伸出手臂把妮妮抱在怀里，妮妮被吓得大声笑起来。"乖，我的乖孩子，你都起来了！"又兰拍着妮妮的背说，"看爸爸还没有起来。"妮妮指着爸爸的鼻尖。又兰笑着说："去拉他起来！"

妮妮顽皮地把一只小花猫抱起来，用一对疑问的眼睛注视着妈妈；妈妈点了点头，表示出一种诙谐的神情。妮妮立刻把小花猫放到爸爸的被子里去。正在酣睡的胡智清，像堕入极端的噩梦里面，忽而嘴唇抽动，忽而皱起眉头。又兰和妮妮几乎笑破肚子。等他突然坐起来，看见妮妮的头从床下钻出来的时候，才恍然大悟："哦，小东西，原来是你跟爸爸捣乱啊！"父女二人又笑又闹地在床上滚起来，全家充满欢笑的声音。

☆妮妮悄悄走到爸爸床前，把小花猫塞到了爸爸被窝里。爸爸胡智清的好梦被闹醒了，他一下抱起女儿使劲胳肢她。小屋内充满了欢声笑语。

　　这时，又兰把窗帘拉开，阳光像闪亮的水银似的泄进来，使半个房间镀了层金子似的美丽和新鲜。远远的地方，传来鸟雀般尖利的口哨。

　　胡智清起床以后，就向着晒台走去，他本想在晒台上做做室外运动，不料他的头刚一抬起，却碰在架在空中的竹竿子上，手刚刚伸开，又被竹竿子上晒着的衣服和布片缠绕住了。他没有办法摆动他的四肢，只好狼狈地站在晒台边上去呼吸新鲜空气。

　　伟达贸易公司的职员们在紧张地工作着。智清也好像很忙碌似的，一会儿打字，一会儿又看报告，一会儿拿着一支笔，在计划着什么东西。秘书朱志豪走过来交了一卷文件给胡智清，很不客气地对他说："喂，老兄，这提单内的货物，总经理要我对你说，请你在三天以内，统统都要把它提完！""慢来，让我看看再说。"胡智清急急忙忙地翻阅文件，看后连忙接着说，"那怎么成呢，东西那么多，又是西药，又是钢条，又是奶粉，又是罐头，还有……"

　　胡智清正在说下去，茶房却走来请朱秘书去听电话，他只好静静地候在边上，但是心里多少有点不耐烦。在办公室的另一个角落里，小赵对一个同事笑着说："两个女人都约的九点钟。好！我看总经理怎样去应付！"朱秘书刚放下电话。另有一个电话铃又响了，茶房赶快去接听，很清楚的又是一个女人的声音。这一来可把胡智清气火了，他走过去把耳机抢过来："喂，你找谁呀？……钱总经理，钱总经理不在！……跟你说不在就不在，你还啰嗦什么！"

　　胡智清一下就把电话挂上了，嘴边还在愤愤地说："哪里有这么多女人来电话，我们这位大经理真是……"他的话还没有说完，不料这位钱大经理却在这

时大摇大摆从外面走进办公室来了，大家一见，差点都笑出声来。

钱剑如坐在办公桌前面，一面批阅文件，一面打电话："琼生先生，最好马上给贵公司打个电报，货不能再不到……呃……呃……不然我们损失就太大了。好的，谢谢，谢谢你。"他把公事批完以后，交给小赵和职员甲、乙，跟着又拨电话。

☆伟达贸易公司办公室里，经理钱剑如一边批文件，一边打电话，十分忙碌。

在某公寓的一个角落，窗子上的纱帘还没有掀开，房子里面还是黑暗的。汪小姐在电话铃的响声中下床接电话："喂，哪儿？噢……钱先生啊，我们还没有起来呢。不早了，我们还以为在夜里呢！谁？马小姐……没有……昨儿晚上睡在我这里！"她一边说着话，一边掀开窗帘，耀眼的阳光倾泻进来。马小姐仍

然睡在床上。汪小姐继续说:"琼生啊,怎么样?今天晚上还得我同马小姐出面。哎哟!贵公司每个月这几个挂名薪水,可真难拿呀!"

马小姐突然从床上坐起来,尖着嗓子说:"啊……小汪,你跟他说不行,得特别奖励!"汪小姐的眼睛向马小姐斜了一下,大声说:"哦……马小姐说,得叫你特别奖励。啊,可以!好,你能特别奖励,我们就特别卖力!OK!"

☆电话那头是住在一所高级公寓里的汪小姐和马小姐。钱剑如说:"今天晚上还得叫马小姐同我一块出面找琼生。"接电话的汪小姐说:"贵公司每月这几个挂名薪水真难拿。……马小姐说啦,得叫你特别奖励。你能特别奖励,我们就特别卖力。"

朱秘书跑到钱剑如的办公桌前面,指了一下胡智清,悄声对他说:"这家伙今天的火气很大,回头请你对他客气点。"钱剑如"唔"了一声,很深沉地笑了一

笑。果然，紧接着胡智清也走到他的面前来了。钱剑如问："胡智清提单拿到了没有啊？"胡智清回答说："我拿到了。今天的报纸您看了吧？"钱剑如一摆手，连接也没有接，有些气愤地说："是说我们是什么买办？怎么摧残民族工业是不是？你就是太重视这些东西。我告诉你，凡是骂我的，我都不看！"

☆胡智清走进经理办公室。钱剑如问："智清，提单拿到没有？""拿到了。今天的报纸看到了吧？"胡智清关心道。"又是什么买办，什么破坏民族工业……凡是骂我的我都不看。"

胡智清把报纸拿了回去，略有些尴尬地说："你可不能这么看呀！这社会舆论咱们也不能不重视啊。这些文章里说，我们公司在大批大批地偷运汽车，大批大批地订购奢侈品，又说我们公司怎么神通广大地用低价去套取外汇，又怎么丧权媚外地去取得许多家外国公司的专卖特权！……"钱剑如不想听下去了，连

忙打断他："够了，够了。你也去相信他们说的！我看你还是辛苦点儿，赶快把我们的货都提出来，比什么都强！""方才朱秘书叫我在三天里面，把所有的货都提出来，恐怕来不及吧，你看又是西药、钢条、化妆品，又是汽车。"胡智清不高兴地喃喃着。"反正你尽快地办就是了，越快越好。"钱总经理咳嗽了一声。

胡智清识趣地换了个话题，对钱剑如说："好吧，剑如。我也老早想跟你谈谈了。"钱剑如让他坐下说。胡智清就在他对面坐下，说："咱俩从小是老乡又是同学。我相信你，所以一直跟着你走。"钱剑如连忙说："我也是相信你啊。要不然，我能把几吨几吨的货交给你去办？"胡智清连忙笑着点点头："我知道。我知道。我现在的朋友，只有你最有办法。你在社会

☆胡智清坐下来说："因为我们自小同学，又是同乡，所以我才跟着你干……"他劝钱剑如好好办几个工厂。钱剑如说："我要不想建厂，何必请你计划设厂，请你去做厂长呢？我把你当作自己人……"

上有地位，也有经济基础。我就是希望你能在社会上好好办几个工厂。你想啊，你要是好了，我们大家不都好了吗？"钱剑如笑着拍拍胡智清的手说："我明白。我要不是真想办工厂，我又何必请你去计划设厂呢？你千万别有什么顾虑，就放心吧。我把你当成自己的弟兄一样。"

正在这时，朱秘书拿着一张单子又跑了进来。钱剑如忙站起来问："怎么？又到了？"朱秘书兴奋地点了点头。钱剑如也高兴地点上一根烟，坐在了另外一张沙发上。胡智清走到钱剑如身边，赔着笑脸说："剑如，我想跟你商量件事！"钱剑如抽了一口烟，笑着说："又是想请假回家看老太太去，是不是？"胡智清

☆这时秘书朱志豪走进来，将一份提货单交给钱剑如。钱剑如正要看货单，胡智清向他提出请几天假，回老家看老母亲。钱剑如晃晃货单："又一批货要到了。"朱志豪说："你是公司一员大将，你走了怎么办？"

笑了笑说："我有十几年没有看见她老人家了！""可是公司这么忙，你怎么能走呢？"钱剑如有些不高兴地微闭起眼睛。胡智清说："这一批货我取完了……"胡智清的话才说了半句，钱经理就抢着说："后一批不又跟着到了吗？再说我叫你做的工厂计划才刚刚动手，怎么能走呢？"

"不忙着走吧，你是公司里的一员大将，你一走那还得了！"朱秘书谦恭地微笑着。胡智清无可奈何地对钱剑如苦笑着，然后摇了摇头，走出了经理办公室。钱剑如对朱秘书冷冷地说："我们这位贵同乡，真是太麻烦！"

远远地传来了下班的铃声。在下班的时候，公司的职员们纷纷离开了座位。会计员走过来，把薪水单递给胡智清。在薪水单上签了字以后，电话铃"叮零零"地响起来，他把拿起电话："噢，你是谁？……又兰呐，我是胡智清，有事吗？回来吃，回来吃！""你的薪水发了没有？刚拿到，那好。你等一等，妮妮跟你说话！"又兰在家里的电话机旁，把电话放在妮妮的耳朵旁，教着妮妮说："今天是星期六，你叫爸爸早点回来。""爸爸，妈妈要我叫你早点回来。"妮妮学着妈妈的声音。"唉，不是我叫他早点回来，是你要他早点回来呀！"又兰纠正她。妮妮用大眼睛一边看着妈妈的嘴，一边说："爸爸，妈妈说，不是她要你早点回来，是我要你早点回来呀！""傻孩子，你怎么这样说啊！"又兰忍不住大声笑起来。妮妮反驳着："是你叫我这样说的呀！"胡智清听到这里，大声地笑着说："我都听见了，我都听见了！"又兰和妮妮也笑了。妮妮一面轻轻吻着电话一面说："爸爸，爸爸，你听，你听！……"胡智清也在电话机上轻轻地吻了几下。

小赵匆匆忙忙地从胡智清的背后走过来，问他说："是谁的电话？"胡智清笑着说："我太太的！""别挂，别挂。"小赵高声叫着。胡智清对妮妮说："喂喂喂，叫你妈接电话。"小赵把电话接在手里，吹了两下："喂，大嫂吗？我是小赵哇。嗯，明天……明天是星期天……对了，贵府上的姨表亲，阿珍女士，帮帮忙喽。怎么？替我约好了？哎呀，真是好大嫂啊，那我就先不自杀啦！"

☆胡智清回到自己办公室，接到夫人的电话。刚讲完，同事小赵就从背后过来，接过话筒，说明天是星期天，要求又兰帮他约胡智清的姨表妹阿珍一块玩。又兰在电话里说："我已经为你约好了。""那太好了，不然我就自杀……"小赵开着玩笑。

　　又兰用一只手玩弄着电话线说："你还是自杀吧，不自杀没办法——发薪得请客呀，……好……"
　　妮妮从妈妈手里抢过电话，顽皮地说："小赵叔叔,你唱个歌给我听好吗?"小赵笑着对妮妮说:"我还没有吃饭,肚子饿,怎么唱得出来呀。来,我来个新玩艺儿给你听,你听着,你听着……"小赵把嘴唇对准话筒,用力弹了一下舌头,"呼"的响了一声。妮妮的小耳朵被震了一下,吓得一抖:"这是什么呀,小赵叔叔?""这是原子弹……告诉你妈妈,明天公园见。"小赵笑着说。

第二天,是星期天,也是一个天气晴朗的日子。在那透明的金色的阳光下面,公园好像被洗涤过一样,闪烁着各种美丽而新鲜的彩色!那浓密的林子,那鹅毛绒似的草地,那玲珑的小山,那清澈得看到沙底的池塘,那拱背的小桥……都像油画一样,显露在人们面前。

☆第二天胡智清一家三口和小赵、阿珍一起逛公园。玩了一会儿,即挥手告别,各自自由活动了。

在公园里，飘扬着悠扬的歌声，飘扬着爽朗的说笑声，飘扬着健康的脚步声。也许由于小赵和阿珍在一起的关系，胡智清和又兰，乃至于妮妮，都好像特别高兴。

又兰在妮妮的耳边小声说了一些什么，妮妮煞有介事地突然对小赵和阿珍发起命令来了："小赵叔叔，我们分开来玩，你和阿珍姨走那边，我和爸爸妈妈走这边！"

这可使阿珍有点窘了。但小赵却笑着说："小东西，这话是谁教你的?"胡智清又连忙悄悄地教妮妮，于是妮妮又说："大家方便一点。""好，就让你爸爸和妈妈方便去！"小赵笑着去拧她，她已经逃远了。于是，大家欢笑着分了手。

☆小赵和阿珍边走边聊。小赵说："你表哥一家人过得挺快活。"阿珍说："我表哥人老实，我表嫂又会过……不然现在东西这么贵，日子怎么过。"小赵称赞说："看起来一个男人要有一个好太太……"

　　胡智清夫妇躺在草地上晒太阳。妮妮在一旁跳来跳去，捕捉着蟋蟀。远远地看起来，这真是一幅幸福的缩影。在公园的另一个角落里面，小赵和阿珍亲切地坐在一块谈论一些什么。

　　小赵说："你表哥一家人过得真快活啊。"阿珍点了点头，笑着说："嗯，我表哥人老实，表嫂又会过日子。"小赵笑着说："是啊。在现在这个时候，什么都那么贵，要是不会过，这日子可怎么过啊。看起来，一个男人要有一个好太太……"听到这话，阿珍羞涩得脸都红了。小赵很关心地问："近来你们药厂里的情形怎么样？还很兴旺吧？"。

　　一提到工厂，阿珍似乎有点气愤："还兴旺呢，都

☆小赵问起阿珍厂里的情况。阿珍说："我们厂子快被你们公司压倒了。"小赵说："购销西药只是一笔小买卖。""一笔小买卖就压得我们喘不过气来了。你们公司有办法，有外汇……""你可要把事情弄清楚，我可不是老板的走狗……"小赵急忙辩解。

快要被你们的公司压垮了!"小赵问:"关我们公司什么事呀?"阿珍说:"不关你们的事?我问你,你们公司为什么光买外国药来卖?"小赵说:"不,我们公司的业务大得很,购销西药,只能算作大买卖中的一笔小买卖!"阿珍不服气地说:"好,一笔小买卖,却把我们的药厂压得气都喘不过来了。为什么不购销一点中国厂家的药品?"小赵有些无奈又有些委屈地说:"这我可管不着,我只是一个小职员。"阿珍生气地说:"哼,你们这样搞下去,连我们都快没有饭吃了!"阿珍一步紧逼一步的坦白直率的态度,使小赵有点着慌了,他连忙解释着:"哎哎!阿珍,你应该把事情弄清楚,我并不是老板的忠实走狗!"

阿珍说:"我没有这样说。"小赵辩解道:"你不

☆小赵说:"不信,问你表哥去!""别提他了,他是个糊里糊涂的可怜虫,一天到晚只做梦!"阿珍突然发现姨妈从乡下给胡智清带来的信,要马上送去。

信，可以问问你表哥！”一说到胡智清，阿珍有些不满地说：“你别提他了吧，他这个人也是个糊里糊涂的可怜虫，一天到晚都在做梦！”小赵说：“可是他也是一个好人哪。我们不过在那儿过一天混一天罢了！”阿珍反问道："那么你们为什么不到别的地方去混事?”“啊！吃不消！阿珍，你的嘴怎么这样不饶人啊！”小赵说着哈哈笑了起来。

阿珍也笑了，她好像忽然又想起了什么："啊呀，我忘记一件事。”小赵忙问："怎么了?”阿珍说："姨妈从乡下带了一封信给表哥，我刚才忘记交给他了。”一边说着，阿珍一边从公园的椅子上站了起来。小赵连忙劝住她："你晚上交给他不是一样的么? 好了，我们到那边去玩一会吧。”当夕阳西落、鸟儿归巢的时候，他们才带着不能想象的欢乐，走了回去。

第二章

一封难受的家信

这是一个寂静的晚上。在那二层楼上的屋子里面，又兰正在打着算盘，妮妮在桌子边上玩着她心爱的小玩意。胡智清坐在一张旧沙发上，用一种特异的心情，读着家信："胡智清吾儿：见字知悉。汝久已说回家，何至今不见汝来？刻下乡间穷困已极，家人早已不得安生。想汝抗战八年，生活必定如意。母决

☆晚上，胡智清在家给又兰念着母亲的来信。信中说家中穷困以极，家人不得安生，日内全家就来沪。当胡智清念到"望儿早日准备一切为要"时，胡智清和又兰都慌了。

于日内偕全家老少，乘轮来申，望儿早日准备一切为要。母字。"

当胡智清念到"想汝抗战八年，生活必定如意"的时候，对又兰小声地说："你看老太太，还以为我们有办法呢！""都怪你不好！每次给家里写信，又总是爱吹牛。"又兰微笑着说。静了一会儿，胡智清忽然很着急地跳了起来："糟糕！糟糕！……"又兰以为家中出了什么事情，忙问："怎么？"胡智清说："是母亲他们要来了！""什么？"算盘声哗然而止，又兰连忙跑了过来。"你看我还没有回去，妈倒要来了……"胡智清把信读完以后，叹息着说："奇怪，这封信怎么今天才给送来，日子很久了。"

"你说这怎么办呢？这信上说全家都来。"又兰把

☆又兰说，全家来就是说二弟家四口和老太太全来，再过几个月自己还要生孩子。那他们就是十口之家了。她叫胡智清好好想一想，十口人一间房子怎么住，每月就那么一点钱怎么吃，怎么穿。

信接过来阅读着，"那么说，你二兄弟、二弟媳，还有你兄弟的两个孩子都要来了？""当然了。"胡智清把信搭在膝盖上，微闭起眼睛。"好，我们连阿金现在是四口之家，等过几个月我再生一个，就是五口了。"又兰微笑着，拍了拍胡智清的肩膀，"老太太他们再来，那就是十口之家了。"

"妈，阿金说我奶奶要来了，是吗？妈！"妮妮快乐得什么似的跑了过来。"是的，是你奶奶要来了。"又兰回应着。"阿金，是的，是的，是我奶奶要来了。"妮妮又天真烂漫地向阿金跑去。

"这真得好好想想啦，"又兰用笔在账本上写着什么，"胡智清，我们的房子可就这么一间，你说怎么住？一个月你就挣那点儿钱，怎么吃？一转眼又到冬

☆又兰一边记家用账，一边对胡智清说："现在吃素菜，每天要花十来万，还不算煤钱、房租。要是全家来，大家都活不好。"她劝胡智清向钱剑如借点钱寄回去，叫他们不要来了。

天了，怎么穿？我看都是问题。"

胡智清有些为难地问："你说怎么办呢，又兰?"又兰想了想说："我看还是找钱剑如借笔钱，不够家里再凑上点儿，赶快给他们寄去，劝他们不要来吧。哼，尽跟家里吹牛，吹吧，我看这次要吹破啦!"胡智清站起来想说些什么，可是又木然地坐了下来。

又兰拿过算盘，又口中念念有词地拨弄着算珠，并且喃喃着说："看每天吃这点儿素小菜，不连煤、不连米、不算房钱，就得十来万，要大队人马都开来呀!我的话放在头里，他们不好活，我们也活不好。怎么样，我的办法怎么样?"

胡智清默然地听着又兰的话，又读起那封信来，好像非常忧郁。

"怎么样，憋气了?"又兰笑眯眯地走过来，摇着胡智清的头，"说话呀，我说不接母亲，你不高兴啦?""没有!"胡智清冷冷地哼了一句。

"我知道你是个孝子，难道你想做个孝子，我就不想做个孝顺的儿媳妇吗?"又兰高声地笑着，"我告诉你，我说不叫母亲他们来，可并不是我有什么别的意思，完全是因为我们的收入太差。假使你有洋房、有汽车，那你就把老太太他们接来好啦!哼，我保管伺候得你的兄弟，叫他尊敬我是个好大嫂，我保管伺候得老太太叫她整天笑得合不拢嘴，这点你信不信?"

"我倒并不是不高兴，"胡智清也笑起来，"我是在想，想回家去看看母亲吧，走不了。母亲要来了不很好吗?可是又因为经济关系，怕她老人家来。""这就是人生啊!"又兰打了胡智清的手一下。"唉!"胡智清准备站起，"不行啊，恐怕时间来不及了吧，他们也许已经动身了呢?"

☆胡智清不说话，又兰说："你不高兴了。我知道你是孝子，难道我就不想
做孝顺的儿媳吗？要是有汽车、有洋房……把他们接来我保管伺候好你
兄弟，叫他尊敬我，认为我是个好大嫂……"

　　又兰说："不会的，你明天赶快先打个电报给他们
吧！"胡智清想了想，点点头说："好，就这么办吧！"
又兰说："就这么办？""嗯！"胡智清点了点头。又兰
笑着问："你不会不高兴？"胡智清笑着向又兰轻轻摇
头。又兰眯缝着两只美丽的眼睛，带点微笑，用手托
着胡智清的下颌："说实在的，把你累坏了，可怎么得
了啊！"
　　清晨，喧嚣的街道上面，有车辆在行驶，有人群
在涌动。一辆公共汽车，在一所巍然耸立的楼房前停
住了。那座高大楼房的门楣上，镶着"伟达贸易公司"
六个硕大的金字。

胡智清带着皮包和手杖，匆忙地从汽车上挤了下来，进入这座楼房里面。伟达贸易公司的办公厅，还像昨天一样安静和忙碌。

　　"阿福，来！"胡智清坐在写字台前面，一面呼唤着工友阿福，一面在纸上草写着电报文稿，"你赶快给我发个电报。"电报的文稿上写着："生弟请母勿来。兄即汇款，详函。清。"

☆第二天一早，胡智清就给弟弟发了电报，叫他们先不要来上海。随后他又来到经理办公室，钱剑如说："你又想请假回家是不是？"胡智清无奈地说："不，我母亲他们要来。"

　　"经理来了没有？"工友把电稿拿去的时候，胡智清小声问着。"来了吧！"小赵笑眯眯地在旁答说。

　　胡智清默默走进经理室去。

　　当胡智清走入经理室的时候，钱经理刚穿好大衣，正在锁着写字台，似乎准备出门的样子。

朱秘书坐在沙发上，翻阅着当天的报纸。

"剑如，你要出去么？我想跟你谈件事。"胡智清呆呆地站在写字台的前面。

"又是想请假回家，是不是？"钱经理注视着胡智清的脸。

胡智清忙说："不，我不回家了，我们老太太要来！"

"哦！伯母要来？好哇！几时来啊？我请她老人家吃饭。"钱经理怔了一下，"小的时候，她老人家待我太好了！"

胡智清却说："可是她老人家愿意来，我可不敢叫她来。"钱经理斜着眼睛看了胡智清一眼，不解地问："噢，为什么？"胡智清为难地说："生活难，也没地方

☆钱剑如说："噢——好哇，几时来，我请她老人家吃饭。小的时候，她老人家待我太好了。"胡智清说："剑如，我不回去了，但想给他们寄点钱去，想向你借一千万"

住!"钱经理故作大方地说:"唉,到我那儿去住好啦,你用不着客气。""不,来的人太多,不便麻烦你。我想给她老人家寄点钱去。"胡智清羞涩地用指头敲着桌子。钱经理笑着说:"应该的,应该的!"胡智清想了想说:"我想跟你借一千万块钱!"

"一千万?……"钱经理一怔,忽然想起街上还有人等候他,于是走到窗口,对下面街上等候他的人打手势,表示叫他们稍等一等。这时在大街上,马、汪二位小姐和洋人琼生正站在汽车旁边,看见钱经理的手势以后,他们也做了一种手势,表示叫他快点下来。

"志豪,公司还有没有现款?"钱经理回过头来向

☆钱剑如听了,转身对朱志豪说:"你给他准备三五百万,我有急事走了。"朱志豪只给胡智清三百万,说:"他说的三五百万,就是三百万。"胡智清无可奈何。

朱秘书询问着。"谁知道!"朱秘书用鼻子哼哼着。"我
看你给他凑三五百万块钱吧!"钱经理咳嗽了一声,
"智清,你跟朱秘书商量着办吧,我得去了。"说完,
提着手杖走了。

　　"三五百万不够用啊!"胡智清急躁地说。"你拿三
百万去吧!"朱秘书向胡智清翻着狡猾的眼睛。"呃,
凑五百万吧!""哎,他说凑三五百万的意思,就是叫
我给你三百万。"胡智清的脸上显露出一种愤怒而又无
可奈何的表情:"好,三百万就三百万吧!"

　　胡智清把一袋钞票吃力地提到家里来。他将钞票从
布袋里倒出来以后,见到都是一些破烂不堪的小票。"怎
么?"又兰大声呼叫着,"怎么都是一些烂票子?……"

☆回到家打开一看,全是破烂的小票。胡智清说:"我为公司出那么大的
　力,还说是公司一员大将,三百万……"又兰说:"要不是同乡,一百万
　谁肯借?不够咱们自己想办法……"

胡智清一句话也没有说，只是默默地用手帕揩着脸上的汗珠。"这是一千万？"又兰注视着胡智清的眼睛。

　　"三百万。剑如不借那么多。"胡智清喘着气说，"哼，我给公司卖了多大力气，还说我是公司里的一员大将，哼，三百万……"

　　"这用不着生气，少借还不是少还嘛。"又兰看他有些生气了，走过去安慰他，"我看剑如还不错，要不是同乡，一百万又有谁肯借呢。好了，没有关系，不够我们自己凑好了。"

　　又兰一面说着，一面走到镜子前面，解开衣服的纽扣，把一根黄澄澄的金项链取了下来。然后，她又把手上的一只金戒指也取下来，放在胡智清的手里，

☆又兰摘下自己的项链，又把手上的一只金戒指取下来，放在胡智清手里："拿去卖了，以后有钱再打，先给老太太汇去。"

笑着说"拿去!"

"这是做什么?"胡智清有些慌张起来。又兰笑着说:"没有关系,先卖了吧。以后有钱再打,先给老太太汇去。"

胡智清被感动得什么似的,鼻子里有些发酸,泪水差一点点没有流出来。胡智清说:"那么让我给妈妈写封信。"

第三章

婆婆一家真来了

在那拥挤而喧嚣的马路边上，有一群背背挑挑的，似难民非难民、似乞丐非乞丐的乡下人，探视着每一家的门牌号码走过来。——这就是胡智清的母亲和春生夫妇及孙儿孙女们。他们突然停止在一家门口，春生掏出信封来，对了很久都对不清。

☆不料，胡智清的母亲和二弟一家子，背着的、挑着的正停在巷口，拿着信封在对门牌号。在一个过路人的指引下，他们直奔胡智清住的 29 号后门。

　　"对不对呀?"胡智清的老母亲生气地说,"到了上海都昏了头啦,连门牌号数都认不得了。""不是我认不得,是看不清楚。"春生红着脸反驳着。"你找多少号啊?"一个过路的人同情地问着。春生回答说:"二十九号。"那个路人用手指了一指不远处的一所房子说:"前边那个门。""看,人家不看就知道。"胡智清的老母亲埋怨着。"谢谢,谢谢!"春生向那个路人感激地点着头。"谢谢,谢谢!"老母也用羡慕的眼睛,看着那个路人。

　　他们又浩浩荡荡地向前走动着,直向胡智清的后门扑来。春生羞怯怯地推开了门,陈二房东正在院子里劈柴,春生东张西望地呆住了,不知道怎样张开嘴唇。

　　陈太太用油滑而轻视的声调问:"唉,你找谁?""找我大哥!"春生鞠了一个躬,忘记说出哥哥的名字。

☆胡智清的二弟春生推开门。"你找谁?"房东陈太太问。"找我大哥。""你大哥是谁?他是做什么的?"胡智清的老母亲说:"在什么公司做事的。"

"你大哥是谁？"陈太太更装模作样地看着春生。"姓胡，姓胡！"胡母用手推着春生的背，表示一种提醒的意思。"你找的人做什么的？"陈太太更有意地提出了一个难题。"在什么公司做事的！"胡母眨着眼睛思索了半天说。陈太太又问："是胡智清胡先生么？"胡母笑着点了点头："是，是的……"

胡智清提着钱袋，匆匆忙忙地走出后门，他一眼就看出那个提着拐杖的老女人，就是他一别十年时时刻刻都在想念中的老母亲。他越看越清楚，在悲喜交集中，情不自禁地浮起一层泪水。他失去了理智似的向老母亲跑去，大声欢呼着："妈！……"

这一声亲切的呼唤，从这样一位衣冠楚楚、相貌堂堂的人物口中喊出来，让这一群乡下人都惊住了。

胡妈妈一看是胡智清，在一种难以形容的激动里面，差一点号哭起来："儿啊，来了，没接到信吗？""接到的，接到的！"胡智清一边拭泪，一边向房东介绍，"这是家母！"陈太太这时很客气地向胡妈妈点了点头。"你这个地方可难找哇。"胡妈妈转过头去，"进来，进来，你们都进来！"

春生媳妇还有两个孩子，都像傻子一样默默地走进来。又兰听到下面说话的声音，大步地跑到楼口。

"这是春生，你弟弟，还认得吗？"胡母用低沉的声音说着。"大哥！"春生木木地叫了一声，就再没有下文了。胡智清亲亲热热地拍了他一下说："长得这样大了。""孩子都有了啦！"胡母指着春生媳妇说，"这是你弟媳妇。来，叫大哥！""大哥！"春生媳妇的声音细得像蚊子一样，叫了一声以后，又默默地低下头。"大宝，小玉，来见见你大伯！"胡母去拉小玉，两个孩子却怕羞地把身子躲到妈妈的身后去了。她笑了一声："真是乡下人！"

"来，快上楼坐吧。"胡智清扶着妈妈。"又兰，又兰！"胡智清大声喊着，"快下来，妈来了。"又兰站在楼上，好像着了魔一样，心里是焦灼的，也是不安的。"噢，快请上来吧！"又兰一面答着，一面跑下楼来，"快请上来吧！"于是，这一群似难民非难民、似乞丐非乞丐的乡下人，背背挑挑地拥向了二楼！

☆正在这时胡智清回来了："妈，你来了！"老太太一看是胡智清差点哭出来："来了，没接到信吗？""接到的，接到的！"胡智清向房东陈太太介绍说："这是家母。"又朝着楼上大声喊："又兰，又兰，快下来，妈来了！"又兰应声："快请上来吧……"

房里已经搬进了许多破破烂烂的东西，春生和他媳妇挑的挑、背的背地往里搬，什么破箱、烂篓、鸡笼、行李卷，统统都搬了进来。

然后，胡智清把又兰拉到一旁笑着悄声地对她说

了几句话，她的秀丽的脸颊突然一红，娇声娇气地说："哎呀，就算了吧！""不行，这是我们家乡的规矩！"胡智清又去拉她，而且又悄声地对她说了几句话。她还是娇声娇气地说："嗯，怪难为情的！"

胡智清用力拉着又兰的手，笑嘻嘻地对老母亲说："来，来，妈，你大儿媳给你磕头来啦！""来，我们一起磕！"又兰拉住胡智清的手。"好，一齐磕就一齐磕！"胡智清随着又兰跪了下去。又兰向妮妮说："妮妮，你也给奶奶磕！"妮妮立刻走了过去，但她并不磕头，却向祖母行三鞠躬。这一来，可把陪着老太太的陈太太笑得直不起腰来："你看这孩子还是个新派呢。"

☆到屋里放下行李后，胡智清和又兰一起跪在地上向妈妈磕头。又兰叫妮妮磕头，妮妮却向祖母行三鞠躬。之后春生夫妇及两个孩子一同跪下，向智清和又兰磕头。

"算了，算了，"胡母把妮妮抱在怀里，"来，让奶奶看看，你这孩子多好看呐。"然后，她对春生媳妇和孙儿们说："你……你们怎么还不给你们大哥大嫂大伯大婶磕头啊？"春生和媳妇、孩子们，立刻比做体操还要整齐地一同跪了下去。

　　吃过晚饭以后，又兰和阿金在收拾餐桌，陈太太陪着老太太闲谈些什么。春生和媳妇、孩子们在有趣地听着无线电广播。这时，无线电广播里正唱着一出京剧，锣鼓好像在舞台上一样地响着。老太太欢快地说："在乡下一天黑就睡觉，早晨起来就下地做活去了，哪里有什么有线电无线电啊。"

　　这时屋里洋溢着一片笑声。忽然，阿珍在门外大

☆晚饭后，一家人在高高兴兴地闲谈。收音机正唱着京剧，屋里洋溢着一片笑声。胡智清的姨表妹阿珍和小赵闻讯赶来探望。阿珍说："姨妈你好！"老太太应道："好，好，你出息得这么好哇！"

声叫着："怎么，今天这屋里这么热闹哇？""噢，阿珍……"阿珍出现在人群里面的时候，老太太认出她来了。小赵像一个影子一样，也跟着阿珍走了进来。"哎呀，你来了，姨妈，你好哇！"阿珍亲热地扑在老太太的怀里。

"好，好，你看到底上海是不同啊！出息得这么好啊！"老太太上下打量了阿珍一番，对陈太太嘟哝起来，"好孩子，我妹妹的女儿，在家乡粗细活都做得上来。"

阿珍有些难为情似的说："姨妈，你精神还是这么好哇。""好好，就靠这点儿精神支撑着啦。坐坐，你看我们好多年不见了！"老太太拉住阿珍的手，"听说你在一家工厂做工，好么，是家什么工厂啊？你……"

☆老太太一个劲地问阿珍："听说你在一家工厂做工，好吗？是一家什么工厂……"胡智清指指小赵说："妈，妈，你别尽和阿珍说话，这儿还有一个呢！"然后又向小赵介绍："这是家母，这是弟媳……"

胡智清和小赵怀着一种悠然自得的愉快的心情，默默地欣赏着这百乐图。"妈妈，你别尽和阿珍一个人说话，这儿还有一个啦！"胡智清向老太太摆了摆手，指了指小赵。这时老太太才恍然大悟，连忙站起来，向小赵点着头，表示抱歉，大家都笑出眼泪。

　　"来，来，这是家母。"胡智清向小赵介绍着，"这是我弟媳，这是舍弟胡春生，这是赵光裕，赵先生！"小赵向春生热情地伸出手来，春生脸上显出一副不知所措的神情。"握手，握手。"胡智清插嘴说。小赵把春生的手拉起来紧紧地握住，春生这才握起来，把大家又引得大笑不止。

☆最后介绍到春生，胡智清说："这是舍弟。这是赵光裕……"小赵热情地伸出手去，春生却不知所措，直到小赵先握住春生的手，春生才把手握起来，引得大家大笑不止。

"别笑话，乡下刚来的。"胡智清站在春生的身边说。"这是什么话，我还不是乡下人。"小赵正言悦色地补充着，"生活习惯没办法一下改过来，我刚来上海的时候，吃香蕉还不是连皮吃。""听见了没有，春生?"胡智清也正经地说，"到了上海就什么都得学着点儿。""对了，人是应该入乡随俗。"母亲叹了一口气，"住在上海，就得学上海。"

☆胡智清说："别笑话，乡下刚来的。"小赵说："我们不都是乡下人吗？我刚来时，吃香蕉还是连皮吃呢。"老太太说："到上海，就得学上海。"

　　"姨妈，我爸爸跟我弟弟都好吗?"阿珍把话头岔开来。"你看，你不说我倒忘了。春生赶快把你姨父给阿珍的信拿来，看脑筋真是不中用了!"老太太笑着，忽然一眼看见春生媳妇站在边上，"你别尽在这儿站着，找点儿活计干，看你大嫂累得那个样子。""你们吃过饭没有?"又兰给阿珍递过一杯茶来。阿珍赶忙拉

☆阿珍问起老家她爸爸和弟弟的情况。老太太说："你不说我倒忘了。
春生快把姨父给阿珍的信拿来……"

☆阿珍接过信还未拆看，又问起家乡的情况，老太太说家乡情况不
好，不然他们怎么会来上海呢？幸亏胡智清在这儿混得不错，还有
口饭吃。

住又兰，笑着说："刚吃过，你坐！"又兰笑着说："你坐吧，我还有事。"

春生把信拿来交给阿珍。阿珍正打算把信拆开，老太太忙用手制止说："不要拆，回去看！我知道没有什么要紧的事，让我们来聊聊天吧，都好多年不见了。"阿珍也是多年不回家了，有些焦灼地问："现在家乡的情形怎样了？"胡母叹了一口气说："不好啊！要是好，我还到上海来吗？没办法，只好带着这一群来吃你智清哥的了。幸好你智清哥在这儿混得还不错，还有口饱饭吃，不然，这一家子可就惨了。"

胡智清刚把盘子擦干净，准备弄一点水果让大家吃，听到母亲这一番话，抬起头来无言地和又兰互相注视着，真有点啼笑皆非的样子。"唉，你大少爷大少奶奶人都好，"陈太太接住了老太太的话，"您老跟着

☆听了母亲这番话，胡智清和又兰啼笑皆非。

享享福吧，看老太太好福相啊！""看我奶奶的手好胖啊！"妮妮拉住老太太的手。"啧啧啧，好福气的一双手啊！"陈太太也称赞着。"唉，乡下人，活受罪，还有什么福气。"老太太的额上露出几条悲苦的皱纹。

胡智清把水果盘放在桌子上："大家来吃水果吧！""吃，吃，大家吃！"老太太谦虚地让着每一个人。阿珍用竹签把水果插起来吃着："哎呀，你们来了这么些人，就是这么一间房，可怎么睡啊！"老太太、春生和春生媳妇面面相觑，不知道说些什么才好。

☆胡智清端上来一盘水果，大家吃着。阿珍问，来这么多人一间房怎么住。

胡母的脸上突然像蒙起了一层灰色的烟雾似的暗淡下来。过了一会儿，她才问："啊，你们就是这一个房间啊？""可不是么！妈，上海的房子可难找死了。"又兰装着笑容，向老太太解释着。"智清，你写

信不是说你住的是洋房吗?"老太太面色阴沉地责备着儿子。"是呀,这是洋房呀,不过……"胡智清的言词有些含糊,"不过,我住的是洋房里头的一间。""那今儿晚上你叫我们睡在哪儿?"老太太神色黯然地咬了咬嘴唇。

☆老太太问:"智清,你写信不是说,住的洋房吗?"胡智清说:"这是洋房,不过只是里头的一间。别急,让我来想办法。"

　　大家为了松弛这种紧张的场面,都不约而同地笑起来。胡智清一面啃着水果,一面很自然地说:"妈,您先别着急,让我来想办法。"胡智清想的办法倒也很简单:他们用被单从房子的中间隔一个丁字形,分了三处,在地板上加两床地铺。
　　春生夫妇和大宝、小玉在一床地铺上已经快睡着了,老太太坐在床边上还是絮絮叨叨地讲说着乡下的

事情。又兰把妮妮放在床铺上，然后走到床边去摊铺盖。又兰说："夜深了。妈，您先睡吧。您老人家一个人睡在床上。"老太太一听，又急又喜，连忙说："不，不，谁说的？"胡智清拉着母亲说："您不睡，谁还敢睡啦？""当然你们睡嘛！"胡母一边说着，一边连忙朝地铺前走。

又兰走过去半拉半劝地说："不，您路上太辛苦了，应该睡舒服点！"胡母心里很欣慰，笑着说："你们这种洋床，我睡起来才不舒服呢。去，你们快去睡，跟妈妈这么客气干吗！"胡智清说："您不睡，我们也不睡！""你们不睡我明天就走！"老太太脸上露出一副生气的样子。说到这里，又兰他们也不便再坚持了。

☆晚上，他们用被单隔成丁字形。春生夫妇和两个孩子睡在一边地板上，老太太睡在行军床上。胡智清他们三口睡在里边。

第一晚，这一个"住"的问题，总算就这样圆满解决了。又兰把妮妮放在床上："来，妮妮，赶快睡觉了。"胡智清怕又兰受委屈，很温情地笑了一笑："又兰，今天辛苦你了。"又兰也疲惫地转过头来，向他勉强地笑了一笑。

　　等大家都闭起眼睛以后，胡智清将金戒指带在又兰的手上，还给她带上了那条金项链。又兰怀着难以形容的心情倒在胡智清的肩上。

☆等老太太和春生一家都睡觉以后，胡智清又拿出项链和戒指给又兰戴上。又兰温情地把头靠在胡智清的肩上。

第四章

日子越来越艰难

第二天早晨，吃了早点以后，胡智清带着一家老小，到公共汽车站来。一辆公共汽车到了，候车的人，蜂拥而上，挤得老太太连气都喘不过来。春生像同谁打架似的，在许多人的怒骂中撞了上去。春生媳妇稍晚了一步，却连鞋子都被挤掉了。她惊叫着："我的鞋子呢，我的鞋子呢？"她弯下身去乱找乱摸，后来春生排除了密如丛林的腿脚的障碍，才把鞋子帮她找到。

☆第二天，他们全家到照相馆照了一张全家福。

老太太看不惯，又对胡智清夫妇长叹了一口气说："这还成什么样子呀！上海这地方，怎么好像到处都在打架。"

在一家京戏院里面，他们全家看了半天的戏。春生媳妇看得好像入了迷一样，眼睛死死地盯着戏台上面，几乎忘掉了转动。

夜间，大世界是上海唯一的辉煌的灯塔。胡氏全家进了大世界，在游艺场里看滑稽戏，看得春生夫妇和老太太几乎笑破肚皮。接着，他们又到电影院去看电影。影院里上正在放映一个战争新闻片。突然一声大炮响，把老太太吓得一哆嗦。

在照相馆里面，为了照一张全家福相片，他们像排着队一样整整齐齐地站在摄影机的前面。照相师要他们全家作出一副微笑的样子。大宝这孩子不听话，总是东张西望，后来照相师发现他在注视一个作为照相道具用的假犬，于是他把那只犬抱过来，这才纠正了大宝的视线。当照相师把这张相片拍好的时候，已经是汗流满面了。

在钱公馆的客厅里面，三四个男女仆人正在摆着酒席，钱太太指东说西地命令了一阵以后，就回到里边的套间里来了。

汪小姐和马小姐，很客气地站起来，同时说着："钱太太！""坐吧！钱剑如，你不是请胡老太太吃饭吗？"钱太太冷冷地用鼻子哼哼着，"怎么，还不派车子去接？""已经接去了！"钱经理看见汪小姐和马小姐穿起了衣服，赶快阻止着说，"怎么？你们要走？就要吃饭啦！""这不好吧！你们有客。"马小姐用媚笑的眼睛看了钱经理一眼。钱经理笑着说："没有关系，没有关系，乡下老太太！"汪小姐和马小姐也就只好留下。

老太太和春生媳妇梳洗以后，正在忙着换衣服。又兰拿了一套旧西装给春生穿上。春生总觉得不舒适和羞涩，脸上的汗水像雨水似的流着。

大宝和小玉都是穿着妮妮的衣服，但是有裤没袄，有袄没裤，也太不整齐，春生夫妇看了以后，不觉失声笑起来。本来又兰看了这群乡下人的全副打扮，土头土脑的实在使人有些心焦，她听到了这种笑声尤其觉得难过。

"智清，你来，你看我带哪个胸针好？"又兰向胡智清递了一个眼色。胡智清随又兰到了楼口，她悄悄伏在他的耳朵上说："智清，你看衣服这样不整齐。顾了头顾不了脚，顾了脚顾不了头，你看怎么办呢？"胡智清叹了一口气说："糟糕，今天马马虎虎吧！"

正在这个时候，门外传来了汽车的喇叭声。"您听，汽车来了，快点吧！"又兰扶住老太太的肩膀。大宝、小玉和妮妮，欢天喜地地叫喊着跑了进来，像一阵风一样。他们同声喧嚷着："奶奶，汽车来了，汽车来接我们来了！""妈，走吧！"胡智清劝解着。

"我不去了，你们去吧。"老太太还因为没有合适的衣服气得闭起眼睛，"人家钱家有钱，奶奶是乡下人，别给人家笑话。""妈，没有关系的，钱剑如也不是外人，"又兰的声音是亲切的，"又不是上什么酒楼饭店，在他家里怕什么的，赶快。走吧！""不，不，不，还是你们去吧！"老太太表示得非常坚决。"您不要听胡智清的话，"又兰向胡智清注视着，"他也是多余，老年人喜欢穿什么就穿什么好了。来，妈，我来给您系上吧！"

胡智清笑眯眯地用手掌打着自己的嘴说："好

好……我错了，我错了，手棍……"他从春生的手里把手棍接过来交给老太太。直到这一场风波平息以后，胡氏全家，才浩浩荡荡地走下楼去。

在一栋高大洋房石阶前面，那辆最新式的汽车停下来，车夫阿根拉开车门，在汽车前面有一个穿着崭新衣服的侍者，恭恭敬敬地站在那里，敬候着胡氏全家。老太太、春生和春生媳妇一见那种神情，简直弄不清他是一种什么样的人物。

他们刚刚到了客厅的门口，几条洋狗仿佛看见叫花子来了一般，汪汪汪叫着向他们直扑而来。春生、春生媳妇和两个孩子惊叫一声，吓退了几步。钱剑如听到狗叫声，连忙笑着迎了出来。大家在一种难以形

☆傍晚，一家老少换上了干净衣服，钱剑如派汽车把他们接去了。钱公馆的大厅里已摆好酒席。马小姐、汪小姐也在这里。大家在喜乐的气氛里聊着天。钱剑如说："小的时候，伯母待我太好了。一去就在她府上住几天……"

容的喜乐的空气里面，被请进了客厅。

钱剑如夫妇和胡智清夫妇陪着老太太谈东说西，春生夫妇被丢在一旁枯坐着。汪小姐和马小姐对于这对乡下小夫妻仿佛很感兴趣，她们品头品脚的，坐在那里悄悄地说个不休。

钱剑如说："伯母，我们快有三十年不见面了吧，瞧您老人家还是这样的健康。"钱太太也笑着说："是啦，伯母真硬朗！""都是托你们的福啊！"胡老太太笑嘻嘻地答应着。

"我还记得，"钱剑如又说，"我妈妈带我到你们乡下来玩的时候，我这只有这样高，这样大。那时候你老人家真疼我啦，妈妈不准我吃零嘴，可是一去就留我住几天，偷偷地给烧包谷吃。现在想起来，那烧包谷真是又香又脆！"又兰打趣地问："现在你还想吃

☆汪小姐问："上海好不好玩？"老太太说："瞧不出什么好，人山人海的。"钱剑如马上说："伯母说得对，上海就是人多！"

不?"胡母笑着说:"那你什么时候到乡下来,我再烧给你吃!"胡老太太这么一说,可把大家都说笑了。

　　枯坐在一旁的春生夫妇举目四顾,发现四壁上不是颓废派的裸体油画,就是中外影星的裸体照。春生是看呆了,春生媳妇却不好意思地低下头来。不料她的视线刚向下望,正在她座旁的茶几上有一具裸体雕刻,她一惊,脸色都有点羞红了。

　　汪小姐半开玩笑似的问:"老太太,觉得上海怎样,还好玩吗?"老太太冷笑着,摇了摇脑袋,表示反对的意思。钱经理和汪小姐奇怪地问着:"怎么,不好吗?""除去人多,"老太太的声音突然高起来,"看不出什么好呢。瞧多少人呐,人山人海的,在乡下只有逃难的时候才能看见这么些人!""伯母说的对,上海

☆春生对母亲说:"人家上海就是这样,您还笑人家,人家还笑我们呢。"
　老太太说:"笑话什么?他们生在乡下还不都是乡下人……"

就是人多！"钱经理斜着眼睛看了汪小姐一眼。"多乱哪！街上走路的人，一个个都瞪着两只大眼，脚快手快，就怕给电车汽车轧死。脑袋就像个拨浪鼓似的乱转，好笑啊，多好笑啊。"老太太越说越有劲。

"人家上海就是这样，您还笑人家，人家还笑我们呢！"春生这土里土气的话，又把大家说笑了。"老太太，您说的对。"汪小姐娇声娇气地说，"可是您这个乡下人不同，就说你的二奶奶，瞧，长得多好看啊！"胡母笑着说："唉，乡下人好看有什么用啊，乡下人要结实，要下地干活。再说，就是好看死，也比不上你们，看你们一双手又白又嫩的，多细致啊！"这时，钱太太用手抚着脸，咯咯地笑起来，笑得汪小姐、马小姐和钱经理都有点不自然起来。

就这样，大家带着陌生、紧张，又有些兴奋的心情吃完了这顿饭。

又是一个安静的傍晚。老太太、春生夫妇和孩子们在一边歌唱，欢笑，谈论一些有趣的事。另一边，又兰在记账目，胡智清在整理工厂计划，时感吵闹。

大宝好像一个合唱队的指挥一样，领头唱一些歌，他唱一句，妮妮和小玉跟着一句，唱得非常起劲。

"妮妮，别吵了，你爸爸在写东西。"又兰向妮妮使了一个制止的眼色。老太太也赶快劝大宝和小玉，于是这个合唱队，就这样安静了下来。又兰在灯光下面，用灵活的手指打着算盘，那滴滴答答的声音，听起来非常清脆。

更深人静的时候，老太太还没有入睡，隔着那层薄薄的被单，她虽然已经睡在地铺上了，但还能清晰地听见胡智清和又兰谈话的声音。起先是又兰在说：

☆又是一个晚上，又兰在记家用账，胡智清在整理工厂的计划。几个孩子在唱歌："哎嗨嗨，打得鬼子没处藏……保住家乡……"看到胡智清不能安心工作，又兰喊了声："妮妮，别吵了，爸爸在写东西。"顿时布帘那边没有了声音。

"你瞧这几天物价涨得多厉害呀，几天的工夫，就用了这么多。""怎么，钱又没有了？"这是胡智清的回答。

又兰把日用账本拿给胡智清看："又没有多少了，你看！"胡智清看了以后，喃喃地说："让我想想办法好了。"又兰叹了一口气说："唉，看这个日子怎么过啊，每天带八九万上小菜场，买不了什么东西来！"

小妮妮在床上不安地翻来翻去，头掉在床边上，又兰过来给妮妮整理被子的时候，发现有一个小小的东西在蠕动。她吃惊地叫了一声："呀，这是什么东西在妮妮的脖子上爬呀，快把灯拿过来。"胡智清把灯拉

☆夜深人静，老太太还没入睡，又兰在打着算盘，她对胡智清说，
这几天物价涨得很厉害。又拿日用账本给胡智清看，说每天上菜
市带八九万还买不了什么东西。

☆这时妮妮在床上翻来翻去，又兰给她盖被子，突然惊叫起来：
"哎呀，这是什么东西在妮妮脖子上爬！"胡智清拉过灯来，说：
"这是哪儿来的？"又兰说："恐怕是他们带来的吧。"

过来，又兰把那只小虫抓在手里，"哎呀，你瞧，是个虱子，这可怎么得了！""是哪儿来的？"胡智清也吃惊地问。又兰想了想，低声有些不高兴地说："恐怕是他们带来的吧，你想，我们家里哪会有虱子呢？"

春生夫妻俩其实也没有真正睡着。他们听了以后，觉得非常难过。胡母也清晰地听见了胡智清夫妻俩的对话。

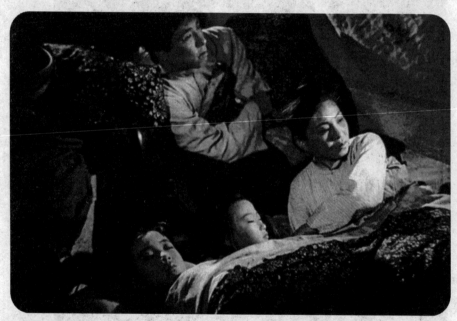

☆其实春生夫妇也没睡着，大哥大嫂的话他们全听见了。

胡智清怕妈妈听见了，于是低声说："算了，算了。不要说了。明天把衣服都煮一煮好了。"又兰有些不悦地低声说："煮一煮就行了吗？"胡智清有些尴尬地说："真是糟糕……你知道，咱妈他们一向也是爱干净的，一定是在路上带来的。"又兰却说："别管路上不路上吧。要是孩子生了斑疹伤寒可怎么得了？"胡智清听了又气又恼，不愿意再听又兰说下去，悄悄地拉着她到外边的晒台上去了。

☆胡智清说："妈他们一向是爱干净的，一定是路上带来的。""别管路上不路上，等孩子生了斑疹伤寒怎么办？"胡智清怕母亲听到又兰的话生气，悄悄拉着又兰到晒台上去说。

　　在这个时候，春生媳妇正趴在屋子的角落里面偷偷地抹眼泪。春生把嘴唇放在他媳妇的耳边，悄悄地说："哼，动不动就哭。"春生嫂心里感到十分委屈，低声抽泣着说："大嫂说，妮妮身上的虱子是我们传给她的呀。""自然是我们的，除了我们还有谁？不过我不相信会生病的。"春生用小得听不见的声音，轻轻地出了一口气。

　　胡母伸出一只手臂把布帘拉开，探过半个身子来，说："春生，真是的，怎么把妮妮传上了呢？"春生半

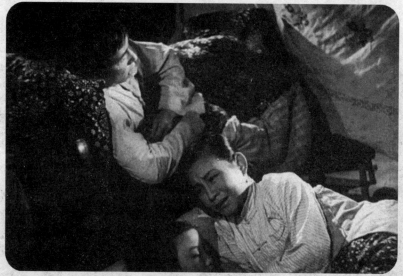

☆这时春生媳妇却趴在地铺上流眼泪。春生说："动不动就哭。"春
生媳妇边哭边说："大嫂说，妮妮身上的虱子是我们传给她的。"
春生劝道："本来是我们呀。"

☆"春生。"老太太拉开布帘过来了。"妈，你也听见了……这多不好
哇，我说不要来，您偏要来……大哥赚的钱又不多，米这么贵，怎
么得了？"老太太叮嘱春生："大家少吃点，不要吃那么多……"

爬起身子，对母亲说："妈您也听见了？大嫂说要生病的！"胡母有些不以为然地说："哎呀，乡下人哪个没有虱子，可是我倒没有听说过要生病的。"其实春生也是颇感不自在的，他叹了一口气说："妈，这多不好啊！我在家说不要来，您偏要来。再说，您看大家挤在一间房里，大哥赚的钱又不多，米还这么贵，这怎么得了啊！"听了春生的话，胡母心里也不好受，她说："大家少吃一点，不要吃那么饱来，别像在家里似的，你一吃就吃五六碗。"春生说："我现在只吃三碗啦！……"

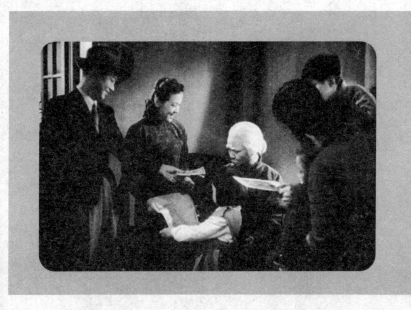

第五章

借钱典当难为继

　　在晒台上面，晚风一阵一阵地吹着。胡智清甜言蜜语地劝着生气的又兰："算了。你应该这样想，要是妈听见了会不会难过？"又兰有些难过地说："我知道，可是一大家子人都挤在一起，你能说这是长久之计吗？"又兰的这句话点到了胡智清的痛处，他沉默了一

☆晒台上，胡智清还在劝说又兰："算了，要是妈听见了会不会难过？"又兰反问："可是你能说这是长久之计吗？"胡智清犯愁地说："租房子得金条……你让我动动脑筋。"又兰埋怨："你动什么脑筋……躺下就打呼噜。""可我脑子还是不停地在那儿动。"

会儿说:"租房子得金条,你并不是不知道。你不要着急,让我动动脑筋。"又兰瞅了瞅他说:"你动什么脑筋,人家愁得一夜连一夜地睡不着觉,你躺下就打呼噜。"胡智清苦笑了一下说:"别看我在睡觉,我脑子还是不停地在那儿动,我想等我把工厂计划做好,钱剑如把工厂盖起来了,我当了厂长,还怕没有小洋房给你这厂长太太住吗?"

又兰笑了笑,打趣地说:"可是我的厂长先生,这远水可救不了近火啊……"胡智清忽然笑眯眯地停下来,在默默地盘算着一些什么。又兰握住胡智清的手,好奇地问:"你在想什么呢?"胡智清笑着低声说:"楼下陈太太,她不是有个亭子间还空着吗?我们把它租过来,你觉得怎么样……"又兰觉得难度有些大,于

☆胡智清在默默地想着什么。又兰问:"你在想什么?"胡智清提醒:"楼下陈太太不是有个亭子间空着吗?我们把它租过来。"

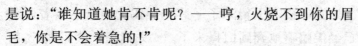

是说："谁知道她肯不肯呢？——哼，火烧不到你的眉毛，你是不会着急的！"

第二天早晨，当阿金送妮妮去上学的时候，妮妮看见了胡母，扬起手来说："奶奶，拜拜，拜拜！"胡母有些不解地问："阿金，妮妮说的这是什么话？我怎么听不懂啊？"阿金笑着对胡母说："这是外国话，就是说回头见。"等阿金领着妮妮走了以后，胡母一个人还在自言自语地说着："拜拜，拜拜！……"

这时胡智清挟着皮包走了出来，正要到公司上班去，听着有人在说"拜拜，拜拜"，也就很自然地回答了一句，等到他发现是老太太的时候，很高兴地说："嘀，妈，您真不错，到了上海都会说外国话了。"他说完以后，匆匆忙忙地走下楼去。母亲也觉得很有趣地笑起来。

春生媳妇抱了一大包要洗的衣服，从屋子里走出来，又兰紧紧追在背后，大声叫着："二婶，二婶！"她听见嫂嫂呼叫的声音，就停止了脚步。又兰很激动地把衣服从春生媳妇的手里夺下来："你今天歇一歇吧，还是等阿金回来让她洗吧！"

老太太看了春生媳妇一眼，然后向又兰说："你就叫她洗吧，洗洗衣服算什么，去，快去洗去。"又兰脸一红，有些尴尬地说："不，不，不，——不是——我的意思是——好，这样吧，分开洗吧！把妮妮的，我的，还有你大哥的都拿出来让阿金洗。天天让婶婶洗这么一大堆衣服，多累呀。"

聪明的胡母立刻明白了又兰的心思，她世故地笑了笑说："分开洗也好。"又兰什么都没有说，把衣服拿过来放在晒台口。春生媳妇和老太太默默地注视着，都若有所思。

这时楼梯上传来了一阵叫姨妈的声音，接着阿珍已经笑嘻嘻地奔到门口来了。"大嫂子，姨妈呢？"阿珍只看到了又兰的半个脸。"在，请里边来坐吧，我有事不陪了。"又兰把阿珍让进来以后，转身走开了。"我来过两次都没有看着您啦！"阿珍像看见自己的母亲似的向老太太跳蹦着。"阿珍，你今天再不来，我真想去找你了。"胡母的泪花都笑出来了。阿珍把一只篮子递给老太太，她揭开一看，乐得叫起来了。

"还有鸡蛋呢——好多的橘柑呀！东西这样贵，你还跟你姨妈客气干什么！""小意思，小意思！"阿珍忽又问，"咦，二哥跟二嫂子呢？他们都好吗？"胡母说："你问你二哥和二嫂子吗？……唉，我正有好多话想和你谈谈。"

在楼下面，有一个人挑着一担煤球走了过去，跟在他后面的便是陈太太。又兰在楼梯口，正想走下楼去的时候，听见陈太太说："把煤球放在这里！"那人遵命放下，陈太太接着命令说："还有两挑，也马上给我送进来！"

进煤球的应声而去，这时陈太太似乎有紧急要公事在身一般，打转身慌慌忙忙地又走了。不料她刚一举步，却看见了站在她身旁的又兰，她连忙一手抓住她，仿佛有什么机密大事要告诉她，很紧张地对她说："听说再过两天，物价又要大涨特涨了，日用物品要买就得快买。"

"想是想买呢！"又兰支吾着。"要买就得快。"陈太太又转过身，"啊，对不住，我下边的东西都堆满了，没有办法，只好堆到你们上边来了。"

"没有关系，不过……"又兰似乎不好意思开口。陈太太见又兰有些犹豫，反倒误会了又兰的意思："怎么样？你觉得走路不方便，是不是？"

又兰索性把心思一横，大方地说："不，陈太太，我想和你商量一一件事，你楼上的亭子间不是还空着吗？可不可以便宜点租给我们呢？"陈太太思索着说："我那个亭子间得一条啊……"又兰有些为难地说："一条？我们怎么能出得起呢？这样吧，陈太太，您帮忙，暂时借给我们老太太住几天，怎么样？"陈太太也有些问难地说："不行啊，我那个亭子间早晚是要租出去的啊！"又兰见陈太太没有明确拒绝，就说："那么这样好不好，陈太太，你几时租出去，我们就几时搬出来。"

陈太太考虑了一下说："搬出来？——好吧，谁让我们是老邻居呢，我答应你。""谢谢，谢谢。"又兰高兴得不知道怎么说才好了，转身向楼上跑去。陈太太又把她拉住说："胡太太，我租出去可得真搬啊！"

"当然，当然。"又兰一边回答着，一边往楼上跑去。到了楼上，她对正在洗衣服的春生媳妇说："二婶，赶快上楼告诉妈去，陈太太答应把亭子间借给我们住了。收拾收拾，马上就搬。我给你大哥打电话去，你大哥还等着消息呢！"又兰慌慌张张地拨动电话的号码盘，手指好像都有些发抖。

春生媳妇走上楼来的时候，胡母却正对阿珍说："你们工厂里总好找事吧？""也不大容易，这个年月，有很多工厂关门了！"阿珍有点为难地答应着。胡母叹了一口气说："就随便替他们找个什么事都好，阿珍，你要知道，春生跟你二嫂子住在这里实在不安得很呀！"春生媳妇也恳求着："谢谢你，阿珍妹，你要不替我找个事，我真想回乡下去啦！"阿珍只得说："好，你们别难过，我总尽我的力量去问问看。"

阿珍正在安慰他们的时候，又兰却笑着走进房里来了："妈，陈太太已经答应把她的亭子间借给我们住了，我看，今天就暂时搬过去住一住吧！"于是大家一齐动手，拿行李的拿行李，拿箱笼的拿箱笼，大家忙得什么似的，连阿珍也累得流出汗水来。

　　黄昏时分，胡智清提着一块肉，挟着皮包和才取出来的全家福相片，兴冲冲地跑上楼来。远远的，他就能够很清晰地听见母亲她们说话的声音。胡母说："唉……把那个箱子摆在哪儿好看。"又兰说："妈，摆在这边好看。"春生说："我看摆在哪儿都不好看。"春生这些呆头呆脑的话，把大家都说笑了。这时，胡智清突然推开亭子间的门，举起那张全家福的相片给大

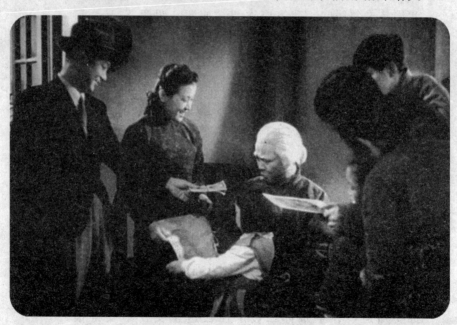

☆经过协商陈太太把亭子间借给了他们住，但接着说只要有人来租用，必须马上搬出来。他们赶忙把东西搬进去。胡智清拿着全家福照片回来给大家看，又掏出一沓钞票："妈，给你这个。"老太太推辞："我要钱干什么？有吃有穿的……"又兰殷勤地说："你也得要点零用钱。"

家看："你们看，这个好看不好看?""哦，相片，相片拿来了。"又兰高兴地跑过来。胡智清非常高兴地说："你们看，照得多好看!""照得好，照得好，老太太照得最好。"大家一齐附和着。"我照得不好，这小猫照得最好，"胡母也像青年人一样说起俏皮话来，"你们看，两只眼睛像活的。"

大家正在说笑得起劲的时候，胡智清掏出一卷钞票交给老太太："妈，给你这个!"胡母很严肃地说："我要钱作什么？有吃的有穿的，留在家里用吧。"又兰也显出一副殷勤的样子："妈，您也得要点零用钱啊!"

"妈妈，走!"胡智清扶着老太太的肩膀，"上楼吃

☆"妈妈，上楼吃饭去，今晚有肉吃。"胡智清扶着老太太。一家人说说笑笑拥出亭子间，上了楼在愉快的气氛中进着晚餐。胡智清夹了一块肉放在老太太碗里，老太太又夹了一块肉放在妮妮碗里。又兰说："妈，您吃吧，他们不应该再多吃了。"

饭去，今天晚饭有肉吃。"于是，大人们谈笑着，孩子们欢呼着，一齐拥出了亭子间的小小的窄门。在昏黄的电灯下面，胡氏全家在一种愉快而和谐的气象里面进着晚餐。

"妈，您就是这样子，"胡智清夹起一块肉送到老太太的碗里，"难得吃回肉，今天有肉，您又舍不得吃。""哎呀，给孩子们吃吧！"老太太忸怩着，她也夹了一块肉送到妮妮碗里。"妈，您吃吧，她们吃不了多少，不应该再多吃了！"又兰也在劝说着老太太。

春生盛了满满的一碗饭，自觉不应多吃，又偷偷地拨出去一半。当他伸着筷子去夹菜的时候，胡母向他瞪了一眼，他把手缩回来去吃白饭。一种难以形容

☆这时春生已盛了满满一碗饭，可又自觉地拨出一半。他伸筷子夹菜时，老太太瞪他一眼。他把手缩回去吃白饭，痛苦刺着老太太的心，她又把胡智清夹给她的那块肉，夹到春生的饭碗里。又兰却又把一块肉放入老太太的碗里。

的痛苦刺着胡母的心，于是将胡智清所送的肉，又夹到春生碗里。又兰看见了这种情景，也选了一块肉递给胡母，老太太不觉和又兰会心地微笑起来。

这时，在伟达贸易公司经理室里，钱剑如和朱秘书正在密谈着："就这么办吧，凡是不忠实于公司的一律开除！"钱经理用力弹了弹烟灰，停了一会儿说："为减少攻击目标，公司就此宣布结束。然后我们再另外组织，从此由地上转入地下。我们这样做的话，董事长一定会满意的。""那么您的那位贵同乡呢？"朱秘书冷冷地笑了笑。钱剑如面沉似水，冷冷地说："那还有什么话说？也让他走路好了。你不是不知道，那天一晚上董事长为了公司泄漏消息，大发脾气，我顶着，现在都疑心是他干的。"朱秘书装作有些惋惜的样子

☆在经理办公室里，钱剑如和朱志豪正在密谋将泄漏公司消息、不忠于公司的人一律开除，其中包括胡智清。

说："唉，胡智清这个人啊，他真是吃饱了饭没事，跟那些个新闻记者打什么交道，怎么叫人不疑心呢？"

对于这些事情，胡智清一点也不知道。他还像老牛一样在货栈里辛苦地劳作着：进货呀，提货呀……

☆而胡智清还蒙在鼓里，他在货栈忙着进货、发货，累得满头大汗。

胡智清由货栈回到公司的时候，弄得满头大汗，他忙碌地把工作分配完毕以后，坐在写字台前面，略略休息片刻。他一面揩着汗，一面向小赵打着招呼："好累，好累，这批货我可取完了。"小赵笑着把一份报纸递过来："你取完了不是？看吧，报上已经有消息了，说马上又有一批运到。"

胡智清惊讶地问："奇怪，我们公司来货，报纸怎么会知道？"说完，他就向经理室走去。小赵向他摆了摆手说："你去做什么？"胡智清说："家里需要钱用，我想找经理预支点儿薪水。"

☆胡智清刚回到办公室坐下来想休息一下，小赵递给他一张报纸："看，报纸上说马上又有货到……""奇怪，我们公司来货报纸怎么会知道呢？"胡智清说着起身往经理办公室走去，他想向经理借点钱，解决家里的生活困难。

　　小赵低声劝他说："你还是别去碰钉子了吧！"胡智清不解地问："怎么了？"小赵说："方才经理还在这里发了半天牢骚呢。说公司不赚钱，说公司同仁不拿公司事当事做，又说什么公司指不定哪天就干不了。说的尽是他妈的鬼话。"胡智清又向前走了两步，小赵再制止着说："怎么，你还去？"胡智清为难地说："我不去不行啊，家里一个钱也没有了。"小赵叹了一口气说："好好，你去吧，你们是同乡，他也许跟你不说鬼话……"

　　胡智清很忧郁地走进经理室。可是工夫不大，他

☆小赵说:"别去碰钉子啦!刚在这儿发了半天牢骚,说公司里不赚钱,
　又说同仁对公司的事不负责任,说不定哪天就干不下去了,尽说他妈
　的鬼话⋯⋯"看胡智清还是向经理办公室走去,小赵又制止他:"怎么
　你还去?"胡智清却说:"我不去不行,家里一个钱也没有!"

☆不一会儿,胡智清从经理办公室出来,恣恣地把报纸往桌上一扔。小赵
　问:"报纸给他看了?"胡智清说:"他怀疑是公司的人把消息透露出去
　的。"

又从经理室里走了出来，把那张报纸丢在桌子上面。
小赵问他："怎么，你把报给他看了？"胡智清满脸郁
闷地说："他怀疑这个消息是公司里的人露出去的！"
小赵瞅了瞅胡智清，有些同情地说："你这个人真糊
涂，他早就这么疑心，你还把报纸给他看。预支薪水
呢？"胡智清一句话也没有说，默默俯下身来。

　　"怎么样？碰了钉子呢，我不让你去，你偏去。"
说着，他掏出一沓钞票交给胡智清，"二十万，够不
够？凑合着先活两天吧。"胡智清把钱接在手里，有一
种说不出来的情绪，意味深长地叹了一口气。小赵的表
情也有点严肃。

　　"智清兄，别叹气。来，抽根烟。"小赵把烟递过来，

☆"你这个人真糊涂，他早就这么疑心……怎么样？不让你去，你偏去。"
小赵掏出二十万元钱给胡智清，叫他凑合着活两天。他又帮胡智清点燃
一支烟："放款不要利息，外带赠送香烟一根，像我这样的银行家，全世
界也找不出来吧？"

并且给他点上，"你看，放款不要你利息，外带赠送香烟一根，像我这样的银行家，全世界也找不出来吧。"

日子久了，春生深切感到城市生活的无聊，一个人像游魂似的徜徉在街头，默然注意着路旁擦皮鞋的，和那些在路上来来往往的三轮车。有一辆三轮车往左走去，有一辆向右走去，使他幻想起在乡下田边踏水车的事来。

他木头木脑地走去问一个三轮车夫："蹬这玩意儿吃力吗？"三轮车夫横了他一眼，没趣地微笑起来："蹬三轮的不吃力，坐三轮的会给蹬三轮的钱吗？你这家伙问得奇怪！"

春生媳妇在楼下辛苦地劳作着，什么洗衣呀，烧开水呀，洗菜呀，喂猫呀……简直没有一点休息的时

☆日子久了，春生觉得生活无聊，到街上去游荡，发现蹬三轮车和乡下踩水车差不多，就动了蹬三轮的心思。回到家，他的孩子小玉举着妮妮的玩具，嚷着要买。他说："别给妮妮弄坏了，过几天我给你买。"

间。春生媳妇正在晒衣服的时候，春生才从外边回来。他站在晒台楼门口看见她那种劳累的样子，无可奈何地笑了，她也会意地把眼睛眯缝起来。

大宝和小玉在二楼的屋子里，看见爸爸回来了，都欢天喜地地跑过来。小玉把妮妮的玩具举到她的头上，连声叫嚷着："爸爸，爸爸，我要买，我也要买这个。""不要叫，不要叫，"春生坐在一张椅子上说，"拿来给我看，别给妮妮弄坏了，过几天我去给你买。"

春生媳妇进来，给春生倒了茶，然后坐下来补着衣服。春生问道："大哥呢？"他媳妇摇了摇头，表示不知道。春生继续问："妈回来了没有？"她仍然摇着头。

"唉，妈托阿珍给你给我找工作，也不知怎样了……"春生感慨地叹了一口气，"唉，这几天我到处

☆春生媳妇说："妈托阿珍给你找的工作不知怎么样了？"春生说："我看见桥头上推车、码头上扛货、擦皮鞋、蹬三轮，什么都能赚钱……"他媳妇点点头。

去看，我看见桥头上推车，码头上扛货，擦皮鞋，蹬三轮，什么都可以赚钱。我想，如果再找不着事，我就有什么干什么了。这一大家子人，不能光靠大哥一个人养活。你说不是吗？……"他媳妇黯然地点了点头。

"我看蹬三轮车也不错，"春生又继续说着，"比起我们在乡下踏水车不会累多少。"她听到这里，泪水像涌泉一样流下来，撩起衣襟来吃力地擦着。

这时陈太太走了进来。她笑着对春生媳妇说："二奶奶，请把亭子间的钥匙给我，有人看房子。"春生嫂把钥匙拿出来以后，陈太太就去了。"怎么，一天这么多的人看房子啊！"春生很急躁地说，"天老爷，可千万不能租出去啊。"说完这话以后，拉着他媳妇走了出

☆这时陈太太上楼要亭子间的钥匙，说有人看房子。等陈太太下楼后，春生说："怎么，一天这么多人看房子？可别把房子给租出去了啊！"

来。他们看见一个人大摇大摆地走了进来，陈太太跟在他的后面。

"顶费几钿？"那人东张西望地看了一会儿问。陈太太笑着说："一条半不算少，可也不算多。您觉得还中意吗？"

那人恶狠狠地向陈太太瞟了两眼，大摇大摆地走了。春生夫妇刚走到亭子间的门口，陈太太说："你看这个人奇怪不奇怪——你瞪我做什么？——连个屁也不放就走了。"她转过身来对春生媳妇说："给你钥匙！"

春生夫妻立刻走进亭子间，都很快乐地微笑着，跟着进来的大宝和小玉也傻笑出了声音。春生赶快制止他们，免得陈太太听见。他们全家还没有坐稳，忽然又有敲门的声音。"谁？"春生性急地说。"有人看房子！"陈太太在门外叫着。

门开了，陈太太又陪着一个人大摇大摆地走进来。那人看了一会儿问："顶费几钿？"陈太太说："一条半。"那人又问："有没有少？"陈太太说："没有！"那人考虑了一下说："一条半也无所谓。不过，我下半天就要搬来，成吗？"陈太太眉开眼笑："成，现在就搬来都成！""好，就这样说定了。"说完，那人匆匆忙忙地走了。

陈太太转过身来，对春生夫妻俩说："对不住，我的房子租出去了，请你们就搬走吧！"春生他们木然地坐了下来。

在阿珍家里，阿珍、小赵和五六个男女工人，围着胡母谈长说短的，其中乐趣实在难以形容。

"你们这儿真热闹啊！"胡母像个孩子似的很快乐，"我真不愿意走，可是又不能不走！"她一面说着，一面扶着桌子站起来。"您再坐一会吧，天还早着呢！"

阿珍又把她按在座位上。一个女工端了一杯茶敬胡母："忙什么，姨妈，你再喝杯茶。"胡母笑着说："喝多了，喝多了！"

另一个女工端了一盘糖果让胡母："姨妈，您再吃呀，这花生酥糖……"胡母笑着说："不不，吃得不少了，谢谢！"那个女工说："您不是喜欢吃酥糖吗？再吃块。"胡母连忙说："不不，不！"但是盛情难却，胡母还是吃了一块糖。大家都高兴得哄笑起来。

"哎呀，你们真是太客气了！"胡母有趣地说着。"姨妈，您看我多顽皮呀！"第三个女工拍着胡母的背。"不顽皮，不顽皮！"胡母说到这里，大家又笑起来。胡母说："唉，姨妈，姨妈，看你们也都叫起我姨妈来

☆这天，老太太自己来到阿珍的住处。阿珍、小赵和工友们热情地款待老人。老太太拜托大家帮助老二春生找一份事情做。

了，真是不敢当。""有什么不敢当！"第一个说话的女工说，"阿珍是我们的阿姐，她的姨妈，还不就是我们的姨妈吗？"

"伯母，您看您本来只有一个姨侄女，可是到这儿来，变成有这么多个姨侄女了。"小赵也凑趣地说。"不但有这些姨侄女，这儿还有个姨侄女婿呢！"一个男工用手指着小赵。阿珍把那个男工拉了一把，老太太笑着对小赵说："我不知道，我不知道！"

听了这句话，大家几乎把肚子都笑破了。老太太笑得流出眼泪，站起来说："真有趣，真有趣，到你们这儿来，可以把什么发愁的事都忘了。""姨妈，您……"阿珍也站起来。胡母说："得回去了，以后再来呀！"阿珍说："姨妈，吃过晚饭再走不好吗？叫小赵请客！"小赵突然抱住老太太的臂膀："好，我请客！""不不，用不着请客！"老太太挣脱了小赵的手，"你们赶快相帮着给我二儿、二儿媳找个工作，比什么都好，我走了！"第二个说话的女工说："慢走，姨妈！"阿珍恋恋不舍地拉着老太太的衣襟："以后有空，带着孩子们来玩啊！""来，一定来！"她一面向外走，一面向大家告辞，"真像到了家一样，虽然吃点花生，喝点开水真比吃鸭子鱼翅都舒服。上次在钱家吃鸭子鱼翅，在我们的嗓子眼里都是打着跟斗下去的，不舒服，好不舒服！"

小赵争出门外，去喊三轮车。大家把老太太拥出房门的时候，前面出现了一片工厂，烟囱密得好像树林一样，她愕然地说："这是什么地方啊？""有药厂，有铁厂，还有两家纱厂。好多好多厂啊！"阿珍说着。胡母一听可高兴了，笑着说："哎呀，有这么些厂啊，你就赶快给你二哥、二嫂想个办法吧！"阿珍叹了一口气说："唉，您别看这些厂，要想安插一个工人，有时候，还真是插不上去呢。您看，我们这儿还有两位失业的朋友呢。"

☆老太太要回家了。出得门来，看见四周有那么多的工厂，可是阿珍告诉她，别看工厂多，要安排一个工人可不容易啦。

老太太想来想去想不通这个问题，正在惊疑的时候，小赵已经喊来了一辆三轮车。小赵笑着说："姨妈，车子雇好了，您上车吧！"老太太笑嘻嘻地对女工们说："倒真像个侄女婿！"

春生媳妇和孩子们在陈太太的"见义勇为"的协助下，忙忙乱乱地从亭子间搬回二楼，过道上陈太太存储的堆积如山的柴煤肥皂等日用品，牵牵挂挂地差点儿把他们搬迁时手中拿的东西打碎。

这时老太太刚刚坐三轮车回来，看见脚夫们"哼

哧"着，把大箱大包的呢绒、布匹、香烟、染料，紧接着搬了进去，放在亭子间里面，她很慌张地跑上楼去。

　　胡智清、春生、又兰和春生媳妇，都默默地坐在屋里。老太太瞪着眼睛问："啊，亭子间租出去了，怎么往里边堆货呀？"胡智清一点表情都没有地干着嗓子咳嗽了一声。他说："这年头，货比人值钱呐。没办法，大家还是在这儿挤一挤吧！……"

☆快到吃晚饭的时候，老太太才回来。一进门就见一些脚夫"嗳唷、嗳唷"往亭子间搬运大箱大包的。她急忙上楼，胡智清、春生、又兰等默默地坐在房子里。老太太问："亭子间怎么堆货啦？"胡智清说："大家挤挤吧。"

　　入夜了，老太太和春生夫妇又和初来时一样，把被单拿来做成布幔，使这小小的房间隔成三块，老老少少都在地铺上睡了下去。又兰在电灯下面，又在啪啪地打着算盘。

　　睡在行军床上的老太太，虽然微微闭着眼睛，可是自始至终都不能安然入睡。隔着布幔，她静静地听着打算盘的声音，皱纹像毛毛虫一样隆起来。布幔上清晰地映出又兰的弯曲的影子。她捧着算盘给胡智清看，胡智清做手势表示不看，默然相对而坐。等了一会儿，又兰压着嗓子说："他们睡了没有？""睡了吧！"胡智清的声音非常模糊。

☆入夜了，小房间又分成三块。又兰在灯下打着算盘，她小声问胡智清："他们睡了没有？"胡智清小声说："睡了吧。"

　　又兰蹑手蹑脚地把耳朵贴在布幔上面，偷偷地倾听着。其实春生夫妇也还没有睡着，他们看见影子的移动，都大大地睁开了眼睛。当又兰打算把布幔掀开的时候，老太太急忙闭起眼睛，春生夫妇则用被角蒙起头来。又兰回到座位上，对胡智清轻轻地说："智

清，你看房子怎么办呢？七八口又挤在一块儿了，我
真愁死了！"胡智清轻轻地用指节敲着桌子，慢慢地
说："不要紧，用不着愁！"又兰不解地说："不愁？我
可没有你这么宽心。马上天冷了，难道还让二弟、二
婶和孩子们再睡地板？"胡智清说："当然不能睡地
板！"又兰用力地向胡智清瞪了一眼："那么——"胡
智清灵机一动，突然站起来对又兰说："你跟我来！"

☆又兰走到写字台前，轻声问："智清，房子怎么办呢？我真愁死了，天马
　上就要变冷了，难道还让他们睡地板？""当然不能。"胡智清说。

第六章

晒台楼和过冬衣

老太太清清楚楚地看到布幔上的阴影向外移去。春生夫妇又都睁开了眼睛。胡智清把又兰拉到晒台上以后，又兰问他："唉……你拉我到这儿来干什么？"胡智清笑着说："我告诉你，解决房子的问题，办法就在这儿。"又兰还是不明白："这儿，这儿又没有金条！"胡智清问："又兰，我们在这儿盖个晒台楼，你说怎么样？"听到这话，又兰一愣："晒台楼？"胡智清点点头，认真地说：

☆胡智清把又兰拉到晒台，他说办法就在这里，在这里可以搭个晒台楼。

"唉，我们就这么办，明天你去同陈太太商量，我们就在这儿动手，自己购料，全家一齐帮忙动手，既省工，又省料，晒台楼盖好，保你满意！"

　　这已是深秋的天气了，天井里的树叶子，一片一片随着秋风飘落下来。胡智清挟着皮包回来，一面"吱呀吱呀"地上着楼梯，一面呼叫着又兰。此刻，又兰正坐在晒台楼里面。胡智清进了晒台楼以后，很焦灼地说："又兰，你来，赶快拿钱去买布、买棉花，得给妈妈和婶婶、孩子们做衣服。天冷了！"老太太、春生夫妇和孩子们注意地倾听着。妮妮高声地喊着："做新衣服好哇，做衣服！"

　　又兰跟在胡智清后面，一起往卧室走去。又兰皱

☆不久晒台楼搭好了。时近深秋，又该买布为老太太和春生一家做衣服了。胡智清从外边回来，叫又兰拿钱去买布料，又兰问两个戒指卖了多少钱，胡智清从包里拿出戒指给又兰戴上："盖晒台楼把你的金项链卖了，这两个结婚戒指，我没舍得卖。"

起眉头问："两个戒指卖了多少钱？"胡智清从皮包里
掏出钱来放在桌上，然后从衣袋里拿出金戒指戴在又
兰的手上，自己也戴上了一只。胡智清满含深情地对
又兰说："盖晒台楼的时候钱不够，把你的金项链卖
了。这两个戒指是我们的结婚戒指，今天真舍不得卖
掉它，所以我没有卖。"

　　听了这话，又兰心里美滋滋的。她又不明白地问：
"那你的钱是从哪儿来的呢？"胡智清指了指茶几，笑
眯眯地说："你看，这里缺少点什么东西？"又兰这才
明白："怎么，你把无线电卖了？你什么时候拿走的，
我怎么没看见？"胡智清说："刚出门我就折回来，你
已经不在房里，我抱起来就走。一出房门碰见了妈，
妈问我抱着无线电收音机做什么去，我说去修理，记

☆胡智清对又兰说，这买布料的钱是把收音机卖掉换来的，千万别告诉
妈。又兰拿着卖收音机的钱到布店买布料。没想到这几天布价又涨了许
多，她带的钱已经不够给全家每个人做一身新衣服了。

住，妈要问……"又兰叹了一口气说："好好好，赶快把钱给我，去买布吧！"

到布店里。又兰在那里问价目，选衣料，她挑了又选，选了又挑，挑来选去，一连看了十几种衣料，价钱总超出自己的预算。又兰问店员："这些灰布、蓝布、花布，到底是什么价格，能少一点吗？"店员把一匹布拉开，随手拿起尺子："量多少？""这价钱不对呀，怎么涨得这么多？"她的脸色又暗淡下来。

站在她旁边的店员，实在有些不耐烦了，问她："怎么，要不要？告诉你，过几天还要涨，我们也不愿意涨，卖出去就买不回来。"店员一面说着，一面把布卷起来。又兰无可奈何地叹了一口气："好吧，量吧，这个灰布量两丈，花布一丈二……"

又兰买好布回来了。全家人都很兴奋，每个人都

☆又兰买回布料一进门，几个孩子就围着她，喊着要做新衣服。又兰打开包，说："二兄弟，这是你的，妈，这是你的，这是二婶的……"

笑着迎接她。在她没有回来以前，妮妮和大宝、小玉在晒台楼中唱着歌，老太太和春生夫妇坐在边上有趣地听着。"妈回来了，爸爸在这儿！"妮妮首先跑出来。"大伯母，大伯母！"小玉和大宝也跟在妮妮后面。这一群不知忧愁的孩子们拥抱着又兰叫喊："做新衣服，穿新衣服啊！"

"别拉。"又兰把一部分布包和棉花交给出来迎接的春生媳妇。大宝顽皮地顺手拉了一块棉花，放在嘴上做起白胡子来了。老太太愤愤地："拿下来，你这孩子，多贵的东西随便糟蹋着玩。""妈，我的呢？哪个是给我买的？"妮妮抱住妈妈的腿问。胡智清拉住她的小手说："总有你的，你别吵，妈会给你的。"

又兰将布包打开，一件一件地翻出来，先对春生

☆看着妈妈手里的布料都分完了。妮妮问："我的呢？"发现没有自己的，妮妮哭闹起来。"来，来！"又兰只好领走了妮妮。

说："来，二兄弟，这是你的！"春生接着笑笑走开了。又兰又说："妈，这是您的。这是弟媳的。"老太太和春生媳妇接过来，在身上比了一比，老太太笑问着："怎么每人都有啊？……""有！大家都有！"胡智清站着，抽着烟。

妮妮着急地问："我的呢？我的呢？"胡智清微装出怒容："别吵！"又兰在继续分着："大宝，这给你……小玉，这件是你的！"妮妮又跑到妈妈面前："妈，我的呢？"又兰用甜蜜的声音哄着她："妮妮，乖，别闹，我跟你说……"胡智清问："怎么，没有给妮妮买？"又兰为难地把手一摊，胡智清立刻明白了。妮妮哭闹着，胡母从衣袋里把胡智清给她的钞票掏出来，放在妮妮的手里。

夜，已经很深了。又兰为了给全家缝制冬衣，累

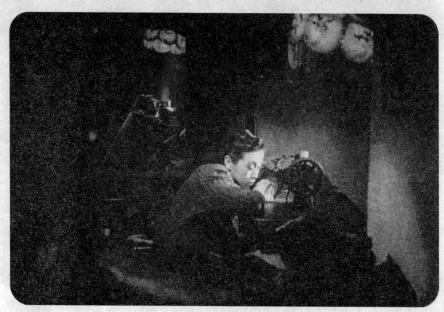

☆夜深了，又兰为给全家人缝制冬衣累得趴在缝纫机上睡着了。

得趴在缝纫机上睡着了。

　　在另一边，灯光下面，胡智清拿着笔，翻阅着参考书，正在埋头写着工厂计划。窗子外面，远远传来鸡叫的声音。

　　又兰从梦里醒来，见胡智清还在灯光下忙碌，就走近说："该睡了，做不完明天再做吧！""不，我想今天多写一点，我准备在三天之内，一定把工厂计划给钱剑如赶完！"胡智清拿着那已经完成一部分的工厂计划走到床边，"你看，这是关于职工人员福利的一部分，包括宿舍，假如工厂建起来，按照我的计划实行，那我们的生活就有转机了。又兰，说实在的，我真不愿意你这样苦下去。"

☆又兰醒来看见胡智清还在灯下忙碌，走近说："该睡了，做不完明天再做。""不，我想多写点，三天之内把工厂计划给剑如写完。"胡智清走到床边拿出部分写好的计划给又兰看。他说福利部分包括宿舍，如果这计划能实施，那他们的生活就会好一些了。

又兰有些担心地说："苦倒没有什么。阿金走了，我同弟媳洗洗衣服，做做饭，还不是也应付下来了。我所怕的是我们的日子越过越坏，妈和春生他们不知道，知道了会不谅解我们的。"

☆又兰担心地说："苦倒是没有什么，阿金走了，我和弟媳洗洗衣服，做做饭，不也应付下来了。我是怕日子越过越坏……妈他们不知道情况，不谅解我们。"

胡智清安慰又兰说："不会的，你看你今天没有给妮妮买衣料，妈还不是把自己的零用钱拿出来了。跟你说，我担心的倒是妮妮的营养问题！"又兰也说："我早就担心了，伙食不好，牛奶也早不吃了。自从牛奶一不吃，我就总觉得妮妮好像是一天比一天瘦下来了！"这时，妮妮正抱着小猫咪咪甜蜜地睡着。

☆胡智清说："我担心的是妮妮的营养问题。"又兰看了看熟睡中的妮妮，说："我早就担心了……自从牛奶一不吃，她好像一天比一天瘦……"

☆胡智清说："这倒不会那么严重吧，一定是你的心理作用。"又兰说："就连你也比以前瘦了。""你也不胖。"他们眼里含着泪水。

"唉，这倒不会那么严重吧！"胡智清笑着说，"一定是你的心理作用！"又兰说："不。就连你，我看也比以前瘦多了！"胡智清走到镜子面前照了一番，然后转过头来："你也不胖啊！"又兰苦笑了一下说："我怎么能胖呢，做你的太太真不容易啊！"这时，他们两个的眼睛里都浸满了泪水，胡智清突然倒在床上，紧紧地抱住了又兰。

第七章

胡智清猝然失业

在伟达贸易公司的经理室内，秘书朱志豪堆着满脸的假笑，正在对小赵和两三个职员说话："这次公司结束，实在是迫不得已，但经理因为诸位生活太苦，所以……"大家都用愤慨的眼神望着朱秘书。"多发了我们一个月的月薪——"小赵气愤地说，"我们不要，

☆在公司办公室里，朱志豪假笑着对小赵几个人说："这次公司结束，实在是不得已，但经理说因为你们生活太苦，多发一个月的工资……"小赵说："我们不要，我们要知道公司结束了，他准备干什么？""公司结束了还有什么好做？不要听信传言。我马上要会客，诸位请回吧。"朱志豪说完走了，这时胡智清进来了。

我们要知道公司结束了,他要做什么?""公司结束了还有什么好做?"朱秘书假笑着,"不要听信传言,钱经理也是很苦的,大家原谅点吧!"

这时,胡智清拿着一份报纸走了进来。当他看到小赵和另外三两个人的紧张神情时,觉得非常诧异,他问道:"经理呢?""他在会客。"朱秘书又转向小赵他们,"诸位请回吧。"

胡智清也跟着小赵他们走了出来。不用说,大办公室里的职员们仍然在忙碌着。"知道吗?"小赵拍着胡智清的后背说,"我们公司宣布结束了!"听到这话,胡智清额上的血管突然膨胀起来。他吃惊地说:"结束了?真的?"小赵认真地说:"谁还骗你!——

☆小赵气愤地告诉胡智清:"我们公司结束了!所有哈巴郎统统都完蛋了!"胡智清愕然。一个职员说:"当然,你跟他是同乡!"另一个接着说:"你忠心报国,是一员大将!"小赵说:"他如果把你也卡脱了,那良心真是喂狗吃了!"

看见吗？所有哈八朗统统都完蛋了！""噢！……"胡智清愕然地瞪起眼睛。小赵安慰他说："不过你也许不要紧！"一个职员做了个鬼脸说："当然，你跟他是同乡！"另一个职员接着说："况且，你是忠心报国的，是伟达贸易公司里一员大将呀！"小赵很兴奋地吐了一口唾沫说："他如果把你'卡脱'了，那良心真是喂狗吃了！"

一个工友给胡智清拿来了一封信，当他拆开的时候，鼻子尖上沁出汗珠。小赵问："怎么，真给狗吃了？""哼，工厂计划，还他娘的什么工厂计划！"胡智清坐在椅子上，一面苦笑，一面把信抛在地上。小赵

☆这时工友给胡智清拿来一封信，他拆开一看，鼻尖上冒出汗珠。小赵问："怎么，真给狗吃了？"胡智清说："还他娘的什么工厂计划！"把信扔到地上。小赵说："你是剃头挑子一头热，用不着就一脚被人踹了……人家由地上转入地下，专做黄金美钞了。"

说："我早就说过，你是剃头的挑子——一头儿热，用不着就一脚踢开，知道吗？听说公司不干完全是烟幕弹，人家由地上转入地下，转做黄金美钞了。"

胡智清叹了一口气说："真倒霉，几个月以前他叫我走，我还真不怕。现在真有点急死人。妈、兄弟、弟媳妇、孩子一大堆，过了年你嫂子还要生一个，唉！"

☆胡智清说："几个月以前他叫我走，那我真不怕，现在真有点急死人，妈、兄弟、兄弟媳妇、孩子一大堆，过了年你嫂子还要生一个。"

"别叹气，朋友，先来根烟抽抽。"小赵给他递了一支烟，"我所替你难过的也就是这点儿。我不怕，我是一个大光杆，我会开汽车，我这儿滚蛋了跑去作司机，还不是可以活。你……你反正也得活……"胡智清说："怎么活，怎么活呢？"小赵仿佛把事情完全看明白了一样地说："事情很明白，今天要想生活有办法，你就得学我们那位朱秘书，跟钱剑如混为一体。假如你还想保留点儿良心，哪怕就是这么一丁点儿，那你就别想吃得饱，穿得暖！"胡智清静静地倾听着。小赵用力吸了一口烟，又说下去："明天，智清，我们是各奔前程了，保重吧！"忽然小赵和胡智清的手握得紧紧的，然后点了点头，离开胡智清，苦笑着扬长走了出去。

☆小赵说："我替你难过的也就是这点。我不怕，一个大光杆，这里滚蛋又可以做司机。"胡智清说："怎么活，怎么活呢？"小赵说："要想生活，就得学习那位朱秘书。假如你还想保留点良心，哪怕就是这么一丁点儿，那你就别想吃得饱，穿得暖。智清，明天我们各奔前程了，保重吧！"

　　在伟达贸易公司的经理室，岳主任正和钱剑如谈着话。岳主任说："董事长很关心这件事情，所以派我

来跟你谈一谈，现在你既然这样大刀阔斧地做了，我想董事长一定会满意的，剑如，好自为之啊！"钱剑如笑着说："主任应该多帮帮忙喽！"岳主任也哈哈一笑："老朋友了，还有什么话说的！"

　　胡智清孤独地坐在紧靠经理室的广阔的办公室里面。直到钱经理把岳主任送走以后，向他恶意地瞟了一眼，胡智清才走到经理室里去："剑如，公司就这样结束了吗？"

　　"怎么能不结束呢？"钱剑如穿好大衣作出一副要外出的样子，"公司不赚钱，外人都说公司发了大财，同仁们靠公司吃饭，可是却说我的公司名誉不好，就是连你也时常拿攻击公司的报纸给我看……"胡智清着急地说："我给你看报纸，绝非出于恶意，完全是关

☆胡智清一个人在经理室外面的大厅里徘徊了许久，还是走进了经理室。
　他问钱剑如："公司就这样结束了？"

切公司的名誉和你的名誉。"钱剑如把手一摊，说："那现在好了，大家既然爱名誉，我为什么不爱自己的名誉呢？索性我们把这个不名誉的公司关掉，大家的名誉不就清高，不就纯洁了吗？"

胡智清低头说："可是我生活负担那么重，你并不是不知道。叫我走路，为什么不早告诉我一声，现在叫我怎么办呢？""你看，你这个人既要名誉，又谈生活。"钱剑如冷冷地笑了笑，"我有什么办法呢？只有请你原谅！"钱剑如一面说着，一面向外走去。胡智清向前赶了一步："你并不是没有办法，你是怕找反对你的办法。"钱剑如冷笑了一下说："反对？笑话，你说我公司不干了还有什么办法？"胡智清盯着钱剑如说：

☆胡智清说："我生活负担那么重，现在叫我怎么办？"钱剑如说："我有什么办法？""你并不是没有办法……公司结束，你是想做黄金美钞。""这是谁跟你讲的？胡说八道，你疯了！"钱剑如说完就气冲冲地走了。胡智清一个人在那呆了很久。

"事情是瞒不住人的。公司结束了，你是要从地上转入地下，专作黄金美钞！""这是谁跟你讲的？胡说八道！我一定要追究这个人，你告诉我是谁？简直是疯了！"钱剑如说罢以后，很气愤地走下楼去。这时办公室里只有胡智清一个人呆然而立。

电话铃突然"叮零零"地响了起来。胡智清把电话取下，用低沉的声音说："喂，伟达。噢，又兰，有什么事？"又兰在电话机旁说："你还问什么事，你看已经什么时候了，怎么还不回家吃饭呢？"胡智清这才看了看窗外，已经很晚了。他连忙说："哦，公司忙啊！好好，我就回来，就回来！"又兰觉得胡智清的语气不对，木然地不知说什么好。妮妮把电话抢过来，

☆胡智清回到家默默地吃着饭。又兰问："智清，你今天怎么啦？""没有什么。"老太太说："太累了吧！"又兰说："你跟钱剑如吵嘴了吧？"胡智清答了句没有，离开了饭桌。

用小嘴轻轻地亲了一下："爸爸，快回家来吃饭吧，我们都在等你。快来啊！"胡智清也对着耳机做了一个轻轻的亲吻，泪水从他的眼眶里默默地流了下来。

胡智清回来了，闷闷不乐地坐在餐桌旁边，默默地吃着饭。小妮妮顽皮地以鱼骨喂着咪咪。又兰惊讶而又关心地问："智清，你今天怎么啦？什么事惹你这么不高兴了？""没有什么！"胡智清皱着眉头说了一句。

胡氏全家都像有大事来临一样注视着他。老太太安慰着说："太累了吧。啊，你们公司真是太忙了！"胡智清没有吃几口饭就把碗放下了，又兰和春生媳妇同时要去给他添饭，他说："不吃了！"

又兰追问："你跟钱剑如吵嘴了？""没有！"胡智清离开饭桌，走到桌子前面，把工厂计划找出来，撕成碎纸片。不管又兰怎么追问，胡智清总是气愤地一

☆胡智清把工厂的计划拿出来，撕成碎片。又兰去追问他，他一声不响。

声不响地坐在那里。

又兰着急了，便走到外边去给钱剑如打电话："喂！钱公馆吗？噢，你是钱太太呀，好久不见了，你好，钱剑如在家吗？"这时，在钱公馆的客厅里，钱剑如正同几个朋友打麻将。钱太太在电话声中说："他在打牌。有什么事？叫他听电话……好，你等一等。"钱太太说："胡太太的电话。"钱经理回头向朱秘书说："志豪，你去接！"钱太太啰嗦着："叫你去嘛，你叫志豪去。"钱剑如把牌一拍，翻起眼睛："我这怎么能去呢？"

"我去接，我去一样的。"志豪接过电话，"喂，你是胡太太吗？我志豪哇！"又兰说："噢！朱秘书……

☆又兰急忙给钱剑如家打电话。钱剑如正在打麻将，便叫朱志豪接。又兰对着电话说："朱秘书，我想问问智清今天在公司是不是跟剑如吵嘴了？……什么？智清被停职了！……"

哦。没有什么要紧的事，我想问问智清今天在公司是不是跟剑如吵了嘴，你知道因为什么吗？……什么？胡智清被停职了？为什么？公司结束了……"听到这一消息，又兰大惊失色，声音也变得激动起来。

　　胡智清听见她在打电话，急忙跑下楼来把电话挂掉："你跟那家伙啰嗦什么！……走，跟我上楼!"胡智清把又兰拖到房里，推她坐下，低声地说："你打电话做什么？你这么扯着嗓子喊，你不怕妈听见？""听见又怎么样？看你这个人，自己失业了还瞒着不说。难道你能瞒他们一辈子吗？"又兰和胡智清口角起来。胡智清难过地说："我是不愿意让我妈知道我失业。"又兰埋怨道："死要面子活受罪。我看你以后的日子怎

☆胡智清听到又兰在楼下打电话，急忙叫她把电话挂断，把她拉到屋里："你打电话做什么，不怕妈听见？""失业了，还瞒着不说，难道还能瞒他们一辈子吗？以后日子怎么过？我这个家怎么当下去呢？"正说着，陈太太在楼下喊："胡太太！是不是你们要的米，要的煤呀？"

么过，我这个家怎么当下去呢？一家人瞪着眼睛要吃要穿的。"

胡母听见他们在说话，走进来拿了一件东西，又走了出去。楼下陈太太在喊："胡太太，胡太太！"胡智清走到楼梯口，向下面望了一望问道："什么事情啊，陈太太？""是不是你们要的米，要的煤，送来了呀！"陈太太在楼下面答应着。"又兰……又兰……"胡智清叫着，"去看看去，送煤送米来了，去看看去呀！"又兰不耐烦地把脚一顿，走下去了。

胡智清低着头向晒台楼走来，很不自然地叫了一声"妈"。胡母若有所思地问："你们俩在房里嘀咕些什么啊？"胡智清忙笑了一下说："没有，没有什么

☆胡智清叫又兰下去看看。他低着头来到晒台楼，老太太问："你们俩在房间里吵什么？""没有什么。""那她说什么家当不了，她当不了，叫谁当呢？"这时，又兰在外边一声又一声地叫智清，把他喊了出去。

啊。"胡母不相信地说："那她怎么说一家子人瞪着眼
要吃饭，又说什么家不当了。她家不当了，叫谁当
呢？"胡智清微微笑了笑："妈，您不要疑心，她没说
什么。"胡母说："我知道，她说什么，你也不会告诉
我的。"这时又兰在外边叫着："智清，智清！"胡智清
只得说："我去去，妈，回头就来。"

等胡智清回屋里，又兰向他说："你到晒台楼干什
么呀，我叫你这么半天，怎么不过来？"胡智清说：
"没有什么，我们说的话，妈听到了，日子不好过，家
难当了……"又兰理直气壮地说："说的本来就是实
话，这个家是难当嘛。怎么，妈听见生气了？"胡智清
笑了一下说："不会生气，她老人家倒是说的物价高，
家难当。"

☆胡智清回到屋里，又兰问："你到晒台楼干什么呀，叫你这么半天，怎么
不过来？"胡智清说："没有什么，我们说的话，妈都听见了……"又兰理
直气壮："说的是实话，这个家是难当嘛。怎么，妈听见生气了？"

　　"好好好，你不要说了。我知道，妈就是说什么，你也不会告诉我的。"又兰说着往里走了几步，坐在椅子上面。胡智清见又兰生气了，连忙换了个话题。他笑着问："咦，米呢，米怎么没拿上来？""我叫他拿回去了，知道吗？米又涨价了。"又兰一边说着，一边把金戒指取下来，放在桌子上面，"明天去拿米吧，我看这次是不会再拿回来了！"胡智清也无可奈何，皱着眉，把自己的也取了下来。

☆胡智清低着头沉着脸没有回答。又兰不高兴地说："好好，我知道妈说什么你也不会告诉我的。"胡智清问："米怎么没有拿上来？""钱不够，米又涨价了……"说着又兰再次摘下戒指，"明天卖掉它去买米吧，我看这次是不会再拿回来了。"胡智清也把戒指摘了下来。

　　小赵对胡智清说过，自己会开汽车，可以去做司机。不久以后，小赵果然真就做了司机。当看见西服革履的小赵一转身穿上司机制服时，阿珍大声赞扬着："伟大，伟大，你说做司机，真就做了司机了。"小赵笑着说："男子汉大丈夫，凭着自己的劳动吃饭。总比那些说人话，不做人事，专门啃人骨头的人们强得多了吧。你这会儿从哪儿来？"阿珍说："我想给我二表哥找工作，到现在还没有找到，不想我智清哥现在又失业了。刚才我是到几个工厂走了走，托些朋友替他们想想办法，可是你看，还有多少工厂在冒烟呢？失业的人这么多，叫我去哪儿找事呢？唉，我智清哥从前对钱剑如还存着幻想……"阿珍的脸上有些焦愁，也有些恨意。

☆一天，阿珍出门走到大街上遇见了小赵。见小赵穿着司机制服，连说："伟大，伟大……"小赵问："你从哪儿来？""我到几家工厂走走，想托朋友帮表哥想想办法……"

小赵说:"就是啊,他还拿报给他看,还替他做工厂计划。他真是错拿了乌鸦当凤凰了。"他随手掏出烟来抽。阿珍说:"小赵,你是不是也可以替他想想办法呀?"小赵为难地说:"我有什么办法呢,我也没有姐姐,没有妹妹,又没有好亲戚。"阿珍听了小赵的话,只有把头低垂下,两人沉默着。过了一会儿,阿珍说:"我智清哥失业这么久,这么一大家子人现在也不知怎么过啦!不行,我还得走。"小赵忙问:"你到哪儿去?""我想起还有一个朋友说给我智清哥找事,也不知怎么样了,我马上得去问问他。"阿珍说着急急忙忙地把小赵抛在那里,自己匆匆走了。

☆阿珍叫小赵也帮着想想办法。小赵说他没有亲戚,哪有什么办法。两人沉默一会儿。阿珍说:"我智清哥失业这么久,一大家子人现在也不知道怎么样啦,不行,我还得走。"阿珍说完匆匆地走了。

　　一天早晨，妮妮吃早点，喊着要牛奶，又兰半哄半气地说："小姐，你将就一点吧！""妮妮快吃吧，快吃吧，你还要上学去呢。"老太太摸了摸她的头。吃完早点以后，春生媳妇拉着妮妮上学去的时候，妮妮向睡在床上的爸爸说："爸爸，拜拜，拜拜！"胡智清愤怒地吼了一声："什么拜拜，拜拜的，烦死了！""你干什么啊？这是……"又兰也怒气冲冲地瞪起眼睛。胡智清没好气地说："你没有看见我在这儿睡觉？"又兰也愤怒地回击着："睡觉，睡觉，光睡觉就有办法了？"胡智清不耐烦地说："我没有办法，你有办法！"

☆一天吃早饭时，妮妮喊着要喝牛奶。奶奶哄她说："妮妮，快吃吧，还要上学去呢。"吃完饭，春生媳妇准备送妮妮上学去，妮妮跟睡在床上的爸爸说："拜拜！""什么拜拜，烦死了！"妮妮委屈地哭起来。又兰听胡智清这么不耐烦，又跟他吵了起来。

"别吵，别吵，"老太太和颜悦色地说，"吵什么呢？智清失了业，心里也烦。""谁不烦？"又兰别别扭扭地嘟哝着。"委屈点吧，你委屈点吧！"老太太像祈祷一样地说。又兰的脸都变成紫色了，她突然走了出去。老太太被吓了一跳，像木头一样坐了下来。那个不懂事的小猫，喵呜喵呜地跳在她怀里，可是她一点也不怜惜地把那小小的动物抛在地上。

☆"别吵，别吵！"老太太和颜悦色地说，"吵什么呢，智清失了业，心里烦。"又兰嘟哝地说："谁不烦！"说完就走了。

　　胡智清失业已久，面色暗淡，身上的衣服非常褴褛。他默默地坐在公共汽车里面，正做着一个寻觅工作的梦。忽然有一只手从司机座位上伸了过来，轻轻地捏了一下他的鼻子，他像突然从梦中醒来一样，看见了小赵亲切的面影。"啊——小赵，原来是你。"胡

智清欢喜得几乎流下泪来，"怎么，你真开上汽车了？"
"这多好啊，成天坐着汽车兜风，不比坐写字台坏。你
怎么样？找着事了吗？"小赵一面转动着方向盘，一面
高声地说着。胡智清叹了一口气说："到处托人，到处
看报，到处找不到事做，唉！"小赵安慰他说："别叹
气，先来抽根香烟吧！"小赵刚把烟递了过去，又缩了
回来，"对了，这根烟不能给你抽，车上禁止抽烟，留
着等一会儿抽吧！"胡智清笑着把烟接过来，和小赵相
视而笑，他把烟放进衣袋里面。

☆面色暗淡，衣服褴褛的胡智清，一天出门坐公共汽车。司机恰巧是小
赵。小赵说："这多好，成天坐着汽车兜风。你找着事了吗？"胡智清苦
笑着摇了摇头。小赵递给胡智清一支烟，马上又说："车上禁止吸烟，
留着等会儿抽吧。阿珍每天都在求人帮你找工作……"

　　胡智清说："小赵，想起来我们真傻！"小赵说：
"不是我们傻，而是我们有良心。当初你对钱剑如还有

幻想，拿报给他看，劝他，岂不是对牛弹琴？你看阿珍，她以前说我脑筋有毛病，要改造我，你现在看看我，我被她改造得怎样了？"胡志清说："你别的事不干，肯来做司机，就知道你已经不得了啦！"小赵说："告诉你，我现在真是不得了啦。当初阿珍说我是井底蛙，只看见这么一点点天。现在呀，我一眼可以看到全世界。"

☆说话间，胡智清向车外随意张望，突然看见春生正在马路边替人擦皮鞋。

第八章

胡春生干活被欺

　　车子停在汽车站上。车窗里面，当胡智清向外东张西望的时候，他清楚地看见春生在路旁擦皮鞋和兜揽生意，一种痛苦的感情，像针尖一样刺着他的心。他想和春生说些什么，可是汽车突然又向前开动了！那宽阔的街道，仍然和过去的日子一样拥挤和喧嚣！

☆胡智清见此情景，心里一阵刺痛。

在路边的行人道上，春生坐在一只小小的木箱上面，正在辛苦地给人们擦着皮鞋。许多擦皮鞋的，发觉这个"生人"，都有点奇怪。过了一会儿，其中有一个人向春生走去，春生还以为他是要来擦皮鞋的，就请那人坐了下来，春生殷勤地在他的鞋子上洗刷着。那个人说："喂，你是哪儿来的?""乡下来的，活不了没有办法。"春生叹息着。那家伙突然冷笑了两声，说："你活不了，你没办法，你在这儿乱抢生意，请问别人还活得了活不了?"

春生像坠入噩梦里面一样，身上每个细胞都紧张起来，手上的刷子，啪一声落在地上："啊!"那个人恶狠狠地说："啊，啊什么，滚你妈的蛋!"那家伙一

☆在一条宽阔的行人道上，春生在喊："擦皮鞋，擦皮鞋，一万块……"突然有几个人围上去，说春生抢了他们的生意，一顿拳打脚踢。几个人把春生的木箱、藤椅四下乱扔。春生见寡不敌众，只好逃命。

面说着，一面抬起腿，一脚把春生踢倒了。"你怎么打
人？"春生粗声地大叫。那人指着春生大声地说："打
的就是你，来，打吧！"那人把手一摆，有十几个擦皮
鞋的把春生的木箱、藤椅，四下乱扔起来，春生一见
寡不敌众，只好拼命逃跑。

正在这时，近旁一家大饭店的门口，汪小姐和马
小姐刚好走了出来。春生因为逃势过猛，把马小姐撞
倒在地上，把她的鞋跟踩断了。有一位和他们同路的
戴黑眼镜的男子，不由分说，转身就打。

☆这时，钱剑如正好陪着马小姐、汪小姐从一家大饭店出来，春生因跑得
　太快把马小姐撞倒在地，把她的鞋跟踩断了。

春生正要回头拣起鞋油，那戴黑眼镜的男子，照
准春生的脑袋就是一手杖，手杖立刻断为两节。血像
水柱一样从春生的头上流下来！

当春生抬起头来的时候，汪小姐和马小姐认出这

☆一个戴黑眼镜的男子，不容分说，转身向着春生的头打来一手杖，
手杖断成两节。

☆鲜血从春生头上流下来。当春生抬起头来的时候，马小姐、汪小姐
认出了春生。

是胡智清的弟弟，赶忙把那戴黑眼镜的人拖上车去。

　　而春生也认出她们两个，并且认出那个戴黑眼镜的就是钱剑如，他很气愤地自言自语着："钱……"

☆她们赶忙把戴黑眼镜的人推进车里，而这时春生也认出她们两个。春生认
　为那个戴黑眼镜的就是钱剑如。

　　春生回到家里以后，就倒在床上了。一家大小都很悲伤地站在床边，春生媳妇拿着红药水，几乎都快哭了。又兰给春生包扎着伤口，眼睛里充满着愤怒。不过又兰还是不太相信钱剑如能这么干，于是问："春生，钱剑如，是钱剑如打你的？""嗯，就是他。"春生用低得几乎听不见的声音说。又兰还是有些半信半疑地说："钱剑如不会这样野蛮吧，你没有看错人？"春生说："我怎么会看错人呢？他跟汪小姐、马小姐一块走，他戴着黑眼镜。"

☆春生回到家，又兰给他包扎伤口。他说是被钱剑如打的，又兰不相信，她说钱剑如从来不戴黑眼镜。

☆老太太说："钱剑如变得那么坏，怎么不会变得戴黑眼镜呢？我说一定是他。"

又兰说："这就不对了，钱剑如从来没戴过黑眼镜，怎么忽然变得戴黑眼镜了？你啊，你一定是看错"春生不会看错人！"胡母的嘴唇抖着说，"钱剑如都会变得那么坏，怎么不会变得戴黑眼镜呢？我说一定是他！"

☆又兰说："好了，好了。是他就是他。不过我今天要说句话，二兄弟，你去擦皮鞋怎么也不和你大哥说一声啊？"

"好了，好了，是他就是他！不过我今天要说句话，二兄弟，你去擦皮鞋，怎么也不和你大哥说一声啊？"又兰有些不快地责备着春生。

春生呆呆地坐在破沙发上，眼里含满泪水，可是还没有流出来。"你们觉得我给你们丢脸，是不是？"春生很难过地说，"我告诉你们，上海的路我要是熟，三轮车我是一样地蹬。有什么办法呢？来上海这么久，谁给我找过事情？现在大哥的事情也丢了，我们能坐着吃白饭

☆春生说:"你觉得我给你们丢脸了是不是?现在大哥事情丢了,我们能坐着吃白饭吗?……我想赚钱,被人打成这样子,你还怪我!"说着,委屈地哭了起来。

☆又兰凄凉地说:"我并不是怪你,我是说你去擦皮鞋,怎么偏偏给钱剑如看见。"老太太直摇头:"叫他看见又怎么样?"又兰说:"将来到了真没有办法的时候,还得去求人家。"老太太瞪大了眼说:"就是饿死了也不去求他!"

吗？我想办法赚点钱，被人打得这样子，你还怪我。"胡母、胡智清和春生媳妇，都默默地低下头来。

"我不是怪你，"又兰也很凄凉地把嗓子压低了说，"我是说你去擦皮鞋，怎么偏偏给钱剑如看见。"胡母生气地摇着头："给他看见了怎么样？我们又没去求他。"又兰反驳着："这话可不能这么说，将来到了真没有办法的时候，还得去求人家！""就是饿死也不去求他！"老太太很固执地瞪起了眼睛。

胡智清很颓丧地微微抬起头："算了，你们去吃饭吧！"又兰不以为然地拉着妮妮的手走了出去。春生媳妇劝老太太去吃饭，她不高兴地摇着脑袋，春生媳妇只好无可奈何地迈出门槛去。

"春生，你不要难过，我并不是不给你找事。"胡

☆"春生，你不要难过，我并不是不给你找事。"胡智清走到春生身边，"现在连我自己都没有办法，叫妈、你和弟媳到这儿跟我受苦。"春生说："大哥，我没怪你……"

智清走到春生的身边，"你看，现在连我自己都没有办法了。唉，叫妈、你和弟媳到这儿跟着一块儿吃苦，真觉得过意不去。""大哥，我没怪你，你去吃饭吧！"春生一面揩着泪，一面说着。胡智清叹了一口气，推开了门。

回到晒台楼上，春生叹了一口气说："妈，反正到哪儿都活不了，我们还是回去吧，何必在这儿连累大哥呢？""你先不忙走！"胡母若有所思地看着窗外。春生有些奇怪地望着母亲："干什么？"胡母生气地说："钱剑如辞掉了你大哥，又打了你，我得跟他算算账。"

☆回到晒台楼，春生坐在那劝妈妈回乡下。老太太叫他不要忙着走，她要
　去找钱剑如算账。

第九章

胡母为儿子出气

不久后的一天，又兰打扮得漂漂亮亮的，来到了
钱剑如的家里。此刻，钱剑如和朱志豪正在客厅里密
谈什么。"你的眼光和魄力，可真伟大，这几下子可赚
得不少啦，佩服！"朱志豪一边说，一边谄媚地笑着。

"干这一次，不够胃口。记着，下次的注可得再下
得大一点！"钱剑如得意洋洋地折响着手指的骨节。仆

☆不久后的一天，钱剑如的豪宅里。钱剑如和朱志豪正在大厅里忙着算账。
　这时仆人阿根进来："经理，胡太太来了。"钱剑如说："说我不在。"朱志
　豪说："叫她进来敷衍几句就完了。"

人阿根走进来，谦恭地弓着背说："经理，胡太太来了。"钱剑如把头一抬，说："一定为胡智清的事，你说我不在。""何必呢，您就是这样，请她进来敷衍她几句就算了。"朱秘书的眼睛里，闪着狡诈的光。钱剑如这才吩咐阿根："那么请她进来吧！"

不一会儿，阿根引着又兰走了进来。朱志豪一见，连忙招呼："胡太太，你好！""啊，大嫂！"钱剑如赶忙让座。又兰连忙客气地说："大家都好，大家都好！"钱剑如笑着说："大嫂，智清还在骂我么？"又兰也笑着说："笑话，笑话，他怎么会骂你呢，老朋友了，你应该原谅他！"钱剑如假装叹了一口气说："并不是我不原谅他，而是他不原谅我呀。凭良心说我可一向没亏待他。"又兰说："他一向就说你不错呀！"

☆一会，阿根领着又兰进来了。钱剑如、朱志豪装得很热情。"大嫂，你好！智清还在骂我吗？"又兰满脸笑容地说："笑话，他怎么会骂你呢？你应该原谅他。"

　　钱剑如说："就是这一回，我还不是很关心他。公司不干了我自然弄得焦头烂额，可是仍旧在给他想办法，而且已经有了眉目啦。""啊！"又兰感激地点着头。"说实在的，"钱剑如越说越有劲，"在道义上我也应该帮他的忙，他别以为我的手段太辣，不管他的死活了，我哪里是这种人呢？我告诉你，我现在给智清安置的工作如果成功了，比在公司里的收入好得多。"朱秘书在边上暗暗窃笑。

☆钱剑如说："不是我不原谅他，是他不原谅我。我可一向没亏待他！""他一向说你不错。""就是这一回，我还是很关心他……给他想办法，而且有了眉目啦。"钱剑如继续说着谎话，说这次给胡智清安排的工作成功了，比原来在伟达公司的收入还好。

　　"那真是再好也没有了，我什么时候听你回信呢？"又兰以一种感谢的目光注视着钱剑如。钱剑如说："我到公司就办，事情一决定，我马上给你电话。"又兰高

☆又兰信以为真，问什么时候听回信。钱剑如说他到公司就办，马上
回电话。

☆朱志豪说："胡太太，经理最肯帮朋友忙的。"又兰说："他不帮忙，
我就带着大人孩子来这儿住，来这儿吃。"钱剑如笑着说："旁的不
行，饭还管得起。"

兴地说："好，我等你的电话，你真得帮帮忙啦！"朱秘书半真半假地看了她一眼，顺着钱剑如的话说："经理是最肯帮朋友的忙的，胡太太。"

"他不帮忙不行啊！"又兰开玩笑似的说，"不帮忙，我就带着大人孩子到这儿来住，到这儿来吃！""那可以的，那可以的，旁的不行，饭还管得起！"钱剑如也笑了。又兰很满意地站起来，说着感激和告辞的话语："可是我们连饭都吃不起了。好，再见！"

又兰刚走出门，钱剑如就忍不住笑了起来："胡智清这么个人，会有这么个好太太。"朱志豪意味深长地说："太太总是人家的好哟！"两人不约而同地大笑起来。

☆又兰走了，他们两人大笑起来。朱志豪恭维道："刚才这场戏演得不坏呀！""骗骗她，走了就完啦。"钱剑如非常得意。

又兰走了，钱剑如、朱志豪打了一阵哈哈以后，开始去整理这几天的账目。钱经理用口计算，朱秘书用珠算计算，看起来一唱一和，真是有趣。

"一五得五，五五二五。"钱经理像念佛似的，微微闭着眼睛，"一九得九，八九七十二，九九八十一，一共是一九四二九五七。"朱秘书很俏皮地指着算盘，然后笑着把算盘一抖："不错，是一九四二九五七！也不怪那二位小姐夸口，做黄金美钞，她们还是真有路子，这才是第一次买卖啊。"

☆他俩继续整理账目。钱剑如像在念佛经一样："八九七十二，九九八十一，共合是一九四二九七。"朱志豪说："是一九四二九五七。怪不得马、汪二位小姐夸口，做黄金美钞，她们还真有路子……"

他们的笑声刚止，仆人阿根又进来对钱剑如说："经理，胡老太太来看您！""胡老太太……"他怔了一下，"她又来找我做什么，你说不在……真讨厌，一个去了一个又来……"

☆突然阿根进来说："胡老太太来了。"钱剑如不耐烦地说："就说我不在，真讨厌，一个去了，又来一个！"

☆阿根到门外对老太太说："经理不在家。"老太太站了一会，气冲冲地走了。往前走了一阵，突然听到后面有说笑声，回头一看，见阿根正在为刚出门的钱剑如开车门。

在门外，四条洋狗像狼一样向老太太乱吠，阿根走出门对她说："钱经理不在家！""不在家？"胡母怀疑地看着横在门口的那辆汽车。胡母眼巴巴地在门口站了一会儿以后，气冲冲地只好慢慢走了。胡母走到门口，远远地听到一阵说笑的声音。恰在此时，钱剑如和朱志豪刚穿好衣服走出来，阿根打开汽车的门。

她回头一看，真气极了，连忙到汽车旁边拦住钱剑如。他觉得非常窘迫："伯母……""伯母？你还认识伯母吗？"胡母大声说，"你好啊，你发财了连老太太都不见，你好大的架子呀——忘恩负义的东西！"钱剑如有些不高兴地说："唔，您怎么张口就骂人呢！"

胡母生气地说："我问你，你为什么开掉我的大儿

☆老太太急忙赶过去拦住钱剑如。钱剑如不得不应付地叫一声："伯母。"老太太生气地骂道："你还认识伯母吗？你这个忘恩负义的东西！""喔，你怎么张口骂人呢？"钱剑如不耐烦了。

☆老太太说:"我问你,你为什么开掉我大儿子,又打伤我二儿子?"钱剑如不承认。"你以为戴了黑眼镜你就可以赖账吗?"老太太继续质问。

☆"你打我的儿子,我打你!"老太太举起拐杖打去。朱志豪和几个仆人忙上去拦住。"你要疯啊,再胡闹我就跟你不客气!"钱剑如咆哮起来。

子，又打伤了我二儿子呢？"钱剑如佯装不知情地说：
"奇怪，谁打了你二儿子？"胡母指着钱剑如说："你以
为你戴了黑眼镜就可以赖账了吗？""见鬼，简直是活
见鬼，我几时戴过黑眼镜？"钱剑如也害怕地皱起
眉头。

"你打我的儿子，我打你！"胡母劈头就给了钱剑
如一拐杖。这一下可把钱剑如吓坏了，拼命逃上石阶。
朱秘书挡住她说："不能打，不能打！"阿根和另外几
个仆人拉住老太太劝解着："算了，算了。""你要疯
啊，你再胡闹我就跟你不客气！"钱经理站在石阶上，
大声吼着。

胡母非常生气，毫不示弱地说："你不客气又把我
怎么样？忘恩负义的东西！难道你也不想想，当初你

☆老太太毫不示弱："你不客气又怎样？忘恩负义的东西！你爹死了是谁
　给他买的棺材，你每年上学时谁给你付的几斗米？"

家里穷的时候，过不去节，过不去年，都是谁给你送米送肉？你爹死了，是谁给他买的棺材？你每年上学，是谁给你付的几斗米？"

"别在这儿胡说！"钱剑如羞愤地逃下石阶，想到车子里面去躲避。胡母又把他拦住，接着说："你现在有了办法了，你就是这样来报答我们，你先别走，我还没有骂完你呢！"

☆钱剑如跳下台阶想钻进车子，老太太又把他拦住："你先别走，我还没骂完你！"

钱剑如一把把老太太推开："走，走！"老太太还打算冲过去，可是被阿根他们拉住了。"太不像话了！"钱剑如从车窗里探出半个脑袋来。胡母愤怒地大声喊着："你们拉住我做什么？我跟他拼了，钱剑如——"胡母挣脱仆人们的手扑过去的时候，汽车已经"嘟嘟"

开走了。等她返回身来找阿根他们的时候，大门已经
紧紧关闭起来。

☆钱剑如把老太太推开："走，走！"等老太太挣脱仆人们的手时，汽车已
开走了。

第十章

婆媳矛盾大爆发

又兰欢天喜地回来了。她一面把身上的大衣脱掉，再把披巾从肩上拉下来，一面对胡智清说："你看，你不叫我去找钱剑如，人家却请我到他家里去。他不但叫我替他向你解释，而且还要替你安置工作!""我不相信，一定是你找的他。"胡智清不相信地摇着头。

☆又兰欢天喜地地回到家，对胡智清说钱剑如马上就给他安排工作了，胡智清摇头不信。"你不信，我这就打电话问他。"胡智清仍然不相信地说："只有你才相信他的鬼话。"

又兰顺手把椅子上的大衣抱起来放在床上，看了看表说："好了，好了，信不信由你吧，我现在就打电话去问他！""只有你相信他的鬼话。"胡智清把脑袋靠在椅子上，在想着什么。

又兰到楼下去打电话，胡智清无聊地在屋里走来走去，刚刚划着洋火正要吸烟的时候，模糊地听到又兰的声音："喂，伟达贸易公司吗？……哦，我是又兰啊。剑如，你说给智清安置的工作成功了吗？……什么？我们在等候你的好消息呢！你说什么？……啊？……喂喂喂！"

又兰很诧异而又失望地走回卧室，胡智清很不高兴地注视着她的脸。又兰自言自语地说："奇怪，刚才不是说得好好的吗？"

☆又兰却认为钱剑如说的是真话。她跑到楼下给钱剑如打电话："剑如，你给智清安排工作成功了吗？"钱剑如只是"啊，啊"的不作回答。又兰回到房间还在嘀咕："奇怪，刚才不是还说得好好的吗？"

这时，胡母得意洋洋地拄着拐棍回到屋里来了，隔着很远就能听到她的声音。"忘恩负义的东西，你打我的儿子，你开除我的儿子，好大的架子。连你老太太都不见了，打你个狗东西！"当她走进卧室里面来的时候，还在继续着，"真是人面兽心。我去找他，他在家却骗我说不在家。今天可被我骂够了。要不是那些佣人们拉着我，要不是他们的汽车跑得快，我真请他吃两拐杖。"胡智清听了这些话以后，知道她惹了祸，斜着眼睛看了又兰一眼，又兰的脸都气白了，但是极力压抑着。

☆这时老太太得意洋洋地回来，还自言自语地说："打你这狗东西……人面兽心……今天可被我骂够了……"又兰听了这些话脸都气白了。

又兰吃惊地问："怎么？您去骂钱剑如去啦？妈。"胡母点点头说："嗯，要是不去骂他，这口气窝

在我的心里一定会变成病!"又兰立在窗子前面,气
冲冲地把窗子推开,冷风立刻吹了进来,轻轻地撩起
她的头发。

☆"怎么,您去骂钱剑如啦?"又兰问。老太太说:"要是不去骂他,这口
气窝在心里会变成病!"又兰气冲冲地推开窗户,呼呼的冷风吹起她的
头发。

　　胡母对又兰这种粗鲁的行为,觉得非常诧异。她
缓了一口气,又喃喃地说:"怎么,你们觉得我不应该
去找钱剑如吗?"又兰冷冷地说:"您应该,您去得
好!"胡母又说:"我不应该骂他吗?""您该骂,您骂
得对!"又兰离开窗口,背过脸去。胡母生气地说:
"应该?你为什么气冲冲的,说话瞪着两只眼睛,这跟
谁?"胡智清心惊肉跳地站起来,担心婆媳两个吵起嘴
来。又兰把床上的大衣和围巾收拾起来:"我跟谁?告
诉您,您骂得固然很痛快,可是却把您儿子的饭碗打

☆老太太喃喃地说："你们觉得我不该去找钱剑如?"又兰说："您
应该,您骂得好!"老太太反问："我不该骂他吗?""该骂,骂
得好! 骂得痛快,可是却把您儿子饭碗打碎了……"老太太说:
"他的饭碗早就打破了!"

☆又兰说："我好不容易跟人家说好了,人家答应替您儿子安置工
作……您去找钱剑如为什么不说一声呢?"

碎了。您知道吗？""什么？"老太太额上的血管膨胀起来，"我骂掉他的饭碗？他的饭碗还不是早就打破了！"

又兰又要说些什么，胡智清连忙制止她："又兰！别说了……""你还想瞒着吗？"又兰向胡智清翻了一眼，关起衣橱转向老太太，"哼，我好容易跟人家说好了，人家刚答应替您儿子安置工作，您却跑去骂人家，怪不得人家发脾气了。我真不懂，您去找钱剑如，为什么也不跟家里说一声呢？"

"怎么，你也去找钱剑如啦？"胡母气得全身发起抖来。又兰说："我去……我去并不丢脸！"胡母生气地说："不丢脸？你比春生擦皮鞋还丢脸！"春生不安地站起来，他的媳妇去劝老太太，同时胡智清也向前

☆老太太问："你也去找钱剑如啦？"又兰说："我去并不丢脸。""比你二兄弟擦皮鞋还丢脸！一个人穷要穷得有志气……智清要是再回他公司做事，就不是我的儿子！"老太太生气地大声说道。

走了一步，很急躁地叫了一声："妈！""你还怪我不跟家里人说一声，"老太太怒视着又兰，"我告诉你，一个人穷要穷得志气，饿要饿得硬朗，钱剑如就是今天抬着八人大轿，请智清回去给他公司做事，他要是回去就不是我的儿子！"

"好吧，你们都有骨气，就是我一个人没有骨气。"又兰被她教训以后，气得连气都透不过来了，"您儿子可已经失业了，这个家从今以后我也不当了，有了大家就吃，没有了大家一齐喝西北风！"胡智清急了，连忙叱责她："又兰，你说这些废话干什么呢？……"又兰委屈地说："我为什么不该说？家里的情形别人不清楚，你难道不明白？叫我做人难，我不知道我为的是谁，我为的是谁？"

胡母生气地说："你是说我们累了他了，是不是？

☆"好吧，你们都有骨气，就是我没有骨气……我走了！"说着，又兰打开衣箱收拾东西。

我们走好了！"胡母气冲冲地向门外走去，春生和他媳妇孤单单地跟在后面。胡智清向前赶了一步："妈！"

"又兰，你……你……"胡智清站在又兰前面，"你今天怎么啦，你少说一句不就完了么？"又兰颓丧地含着眼泪坐了下来。胡智清又接着说："哼，当初你还跟我夸口，保管伺候得老太太笑得整天合不拢嘴，你……你……你差远了，你！"

胡智清慌慌张张地向外跑去，正和陈太太撞个满怀，陈太太惊奇地问："哎呀，这是怎么啦？"她边说着，边把大衣脱下来交给女仆拿去，"我刚回来就听见你们楼上吵。"又兰正在收拾衣箱的时候，陈太太走过来："你这是做什么？"

又兰尖叫着说："我走，我让他们在这儿好了。"陈太太劝解着："不不，……吵嘴是常有的事，何必那么认真呢？这个老太太也奇怪。"陈太太把衣服从她手里夺下来。

在晒台楼里面，正在收拾东西的老太太，发现春生夫妇呆立在边上，跺着脚说："你们还不收拾东西，在那儿等着干什么？"胡智清追上来，很难过地拉住老太太，连忙赔不是："妈，您何必跟她生气呢？别听她的，您往哪儿去呀？"胡智清把母亲手上的长裙抢过来，对春生夫妻俩说："春生、弟媳，你们劝劝妈！"但是老太太忍住眼泪，一声不响地收拾东西。春生拉住了她，又被她推开了。

智清的眼睛里含着泪水，半哭泣着说："妈，您不要生气了。您气坏了身体，那我们才该死呢！我……我真是连二兄弟、弟媳都对不住，到上海来叫你们……"胡智清难过地扶着头坐了下来。胡母看到这种情形，受了深深的触动，满腔的愤怒渐渐消散了。春生媳妇流着泪和胡母对了一个眼色，用手指了指胡智清。春生说："妈，算了，您别叫大哥太难过了。"陈太太跑进来，高喊着："胡先生，你快去看看吧，胡太太带着孩子走了，我劝……"

☆在晒台楼里，老太太一边收拾东西，一边嫌春生夫妇站在那里不动手。胡智清走上前去："妈，您何必跟她生气。"春生说："妈，算了，您别叫大哥太为难了。"陈太太跑进来喊着："胡太太领着孩子走了……"不等陈太太话说完，胡智清就跑出去了。

胡智清揩了揩眼泪，不等陈太太的话说完，就跑出去了，远远地听见他呼叫又兰的声音。胡母和春生夫妇默然凝视。胡母想了一会，终于又翻过身来，去收拾那些麻麻杂杂的东西。

在大门口前面的行人道上，又兰叫了一辆三轮车，她的怀里抱着妮妮，脚边放着手提箱。胡智清用手拦住车夫，好像求饶似的说："又兰，你这是做什么？回

☆又兰叫来一辆三轮车。胡智清拉住车夫，劝道："又兰，你这是做什么？回去，回去！"又兰向车夫说："走走，走你的！"

☆"站住！"胡智清命令车夫，又对又兰说："你不要命了，你的身体……""我不管！"胡智清又焦急地问："你是不是要逼死我？""你们不逼死我就是好的……走走！"又兰催促着。

去，回去！""我不回去。"她关照车夫，"走走，你走你的！"

"站住！"胡智清命令车夫，他把又兰抱住，"下来！""我不嘛！"又兰挣脱他的手。胡智清着急地说："你不要命了？你的身体！……"又兰哭着说："我不管！"车夫莫名其妙地听着，睁着一对惊奇的眼睛看着他们俩。"是不是想把我逼死呢？"胡智清着急地跺着脚。又兰冷着脸反问道："谁逼死你？你们不逼死我，就是好的。走走！""好好，你走，我看你走到哪儿去？"胡智清双手叉着腰，无可奈何地喘着气。

"我愿意到哪儿去，就到哪儿去。"又兰摇着披散着头发的脑袋，向车夫大声地吼着，"你走啊！"

车夫踩动着车轮，正要向前走的时候，胡智清跑过去，把妮妮抢了下来，车夫不耐烦地蠕动着嘴唇。

☆车夫蹬车走了，胡智清跑过去，把妮妮抢了过来。这也没拦住，又兰还是走了。

胡智清的眼里闪着愤怒："你走，我看你走！"又兰铁青着脸，咬着嘴唇说："这你也拦不住我，走！"

车夫的脚又开始踩动，三轮车微微向前走了几步，妮妮在爸爸的怀里号啕大哭起来。胡智清抱着她追上去："站住！"

可是三轮车并没有停下来，仍旧向前走着，他孤单地跟在后面。妮妮大声哭着。他用最大的声音喊："站住！"

☆妮妮哭着喊着要找妈妈，胡智清万般无奈。

三轮车夫又不得不停下来。胡智清喘息着把妮妮交给又兰，自己也上了三轮车。车夫不知所措地向他们瞪着眼睛。胡智清长长地透了一口气："好，你走吧，你走到哪儿去，我跟到哪儿去，要去一块儿去，要活一块儿活，要死就一块儿死！""那也好，走走！"

又兰叹息着，几乎想哭起来。"先生，到底走不走？"
车夫冷冷地说。"走啊！"胡智清的脚用力踩着踏板。
车夫茫然地踩着三轮车向前行去。

☆胡智清抱着妮妮追上去，把三轮车拦住，他也上了车。他说："要去一
　块儿去，要活一块儿活……"车继续向前行去。

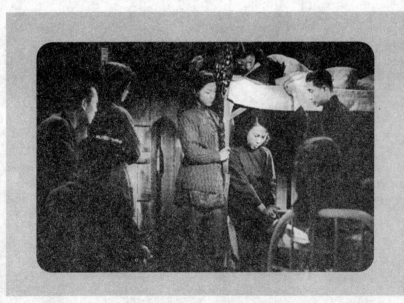

第十一章

两边劝和遭失败

晚上，胡智清和又兰到了金太太的家里。金太太是又兰的老同学。金太太和金先生笑着对胡智清说："天不早了，我看胡先生先回去吧。"金先生笑着拍了拍胡智清的后背，打算替他们解围。

金太太半责备半安慰地说："吵什么呢？她又怀着孕，出了毛病，可不是玩的。你就叫她在我这儿玩几天吧。等气散了，我送她回去。"

☆他们到了金先生家，金太太是又兰的同学。一直到天将晚时，金先生婉言劝胡智清回去，胡智清低着头走了。

"胡先生，你放心好了。"金先生递过一支烟，"我们会替你照应她的！""那麻烦你们了！"胡智清默然地站起来，一口一口地吸着烟。"没有什么！"金先生谦恭地眨着眼睛。

胡智清来到卧室里面，对着斜靠在床上的又兰说："我走了，你有什么话没有?"

又兰微闭着眼睛，一声不响地掉过头去。金太太为了调和气氛，向她半开玩笑地说："你看，她的气还不小呢！"金先生也陪着笑了笑。胡智清低了头若有所思地走了出去。

胡智清在黑暗的夜里，闷闷不乐地走回自己的房子里来，怆然四顾，满室空空的，顿时感觉到一种不能形容的凄凉和寂寞。

他把电灯打开，立在床边，仔仔细细地看了看那

☆胡智清回到家，老母亲和春生一家也走了。他一个人茫然地站在空空的晒台楼屋里，一片凄凉。

张悬挂在墙壁上的全家福照片，在一种异样的想象里面，他好像觉得又兰和妮妮已经不知道哪儿去了，而老太太和春生夫妇，也永远和他断绝了亲族的关系，他茫然而又孤独地坐到床上。只有床边的小猫咪咪向他走来，很亲切地卧在他的膝盖上面，他轻轻地用手抚弄着它软软的洁净的白毛。

这是一个非常凄凉的夜啊！胡老太太、春生夫妇和孩子们，都到阿珍的家里来了，什么行李啊，箱笼啊，摆了一屋子。

夜晚，这唯一的安闲的时间。一群工人聚在阿珍家里谈天说地的很快乐，只有阿珍一个人默默坐着，凄然地眨着眼睛。

一个女工摇着阿珍的肩膀说："阿珍，你为什么这

☆一群工友围着阿珍，阿珍告诉他们胡智清家的情况，大家都很同情，并表示愿意帮忙。

样难过?"阿珍叹了一口气说:"我姨妈同我表嫂吵架
了,她带着我二表哥他们到我这儿来了,难过得不得
了,你们看看。"阿珍一面说,一面用手向里面的小房
间里指了一指。

老太太,春生夫妇和孩子们,都凄然地坐在空空
的屋子里。看过以后,另外一个女工好奇地问:"这是
为什么呀?"阿珍很难过地说:"还不是因为生活。小
董,你们大家是不是可以帮我个忙呢?""需要我们帮
什么忙呢?"第一个说话的女工站起来,准备立刻行动
的样子。"如果没有地方住,到我那儿去住好了!"一
个生着高颧骨的男人说,声音是粗大而暗哑的。"你要
用钱,我这儿有点钱。"第二个说话的女工,把一卷钞
票从衣袋里摸出来。

"不不,不是的。"阿珍纠正着自己的意思说,"你

☆原来老太太和春生一家找阿珍来了,这时他们都在里屋呆呆地坐着呢。

们不知道我从小没有妈，靠姨妈把我抚养长大的，看她老人家这样痛苦，我有说不出的难过。我二表哥他说他要去蹬三轮车养活我姨妈，非要我明天就给他代租辆三轮来不可，听说租三轮除去铺保之外，还得要八九百万的押金呢。""那大家凑好了，大家凑好了。"众人热情地齐喊着。阿珍当时感激又兴奋地吐出了一个"好"字，接着又说了一句："这就好了。"

☆阿珍对工友们说："我从小没有妈，靠姨妈把我抚养大，看老人家这样痛苦，我心里有说不出的难过。我二表哥叫我明天就去租三轮车，他要蹬车养活我姨妈，可租三轮车要八九百万的押金呢！"

　　因为姨妈他们还没有吃晚饭，阿珍又悄悄地商量着如何使她老人家吃饭，如何安慰安慰她，让老人宽宽心。大家听了阿珍的话后，都拥到里边的屋子里来。

☆工友们一齐喊着大家凑。阿珍感激地说："这就好了。"然后她悄悄和工友们商量如何让姨妈吃饭、宽心。

☆听阿珍说完大家都拥到里屋，阿珍端上来点心，说："姨妈，您吃点儿点心啊，二表哥快点，一会儿冷了。"一个女工热情地招呼："姨妈这次来了，可得多玩几天。"大伙一起应着："不能让姨妈走，不能让姨妈走。"

阿珍端上点心，说："姨妈，您吃点点心吧，二表哥快点啊，一会儿冷了！"外边有一个女工在问："阿珍，阿珍，是姨妈来了吗？""是的，是姨妈来了……"阿珍扶在门框上向外望着。其实在外边叫喊的女工，就是那个第一次和阿珍说话的女工，这时她装模作样地走了进来，向胡母招呼着："姨妈您来了，这次可不能马上走了，一定要在我们这里多玩几天。"于是大伙儿一齐呼应着："好好好，不能让姨妈走，不能让姨妈走。"

　　"我来给姨妈铺床。"第二个说话的女工，去解他们的行李。"是啊，给二哥二嫂也预备床铺。"那个高个子男工也凑了过去。"我来，我来。"第三个女工也

☆工友们张罗着给姨妈铺床，为二表哥预备床铺。一个女工端着面盆过来，说："姨妈，这是我送您的。"另一个爱说话的女工挎过篮子，要去买菜、买面，请姨妈吃面条。"本来您只有一个姨侄女，现在您有这么多个……"阿珍说，"姨妈，您看这些小姐妹们，像不像您亲生的女儿？"

很殷勤地伸出手。春生夫妇被感动得不知道怎么才好。第一个爱说话的女工，对孩子们怪俏皮地说："哎呀，多冷啊，你看小手冻得像红萝卜。"另一个女工端着一只面盆，跑过来对老太太说："姨妈，这是我给您的。"还有一个拿着毛巾和肥皂："这是我给您的。"第一个爱说话的女工挽起菜篮："我去买菜，我请姨妈、二哥、二嫂他们一块儿吃面条。"忽然，大家哈哈地笑起来。

"姨妈，看我这些小姐妹们多欢迎您呀！"阿珍笑眯眯地说，"像不像您亲生的女儿呀？"胡母被感动得几乎想哭起来。阿珍扶着她的膝盖，像一个小娃儿撒娇一样："姨妈……"胡母很感慨地叹息了一声，然后说："阿珍，你有这么多的姐妹，过得这么快活，你比你智清哥有办法！"

☆老太太感动得热泪盈眶："阿珍，你有这么多好姐妹，过得比你智清哥快活……"阿珍却说："大家都是苦姐妹……"

　　"我有什么办法呢！不过也许好就好在大家都是苦姐妹，谁也知道谁的苦楚，有灾有病，失业困难，彼此照应，彼此帮忙。我智清哥呢？——噢，我正说你，你来了。"

　　胡智清在大家的哄笑声里，走了进来，阿珍向他使了个眼色，然后鼓起小嘴说："智清哥，你怎么把姨妈气着了啊？你这样不行呀，气坏了姨妈，我可不依的。来来来，赶快给姨妈赔不是。"胡智清明白阿珍的意思，也趁机笑嘻嘻地说："这不是我给她老人家赔不是来了吗？"大伙儿又哄然笑起来。

☆大家还在说笑，胡智清进来了。阿珍说："智清哥，你怎么把姨妈气着了……气坏了姨妈，我可不依啊。"胡智清只好强笑道："我这不是给老人家赔不是来了吗？"大家都笑起来了。

　　"我用不着你来给我赔不是！"胡母把脸扭了过去。
　　接着，大伙儿再来一阵哄笑。"算了，您跟我们小辈的

还生什么气啊！走，我们回家吧！"胡智清抱着两只
手，好像要作揖一样。胡母却说："我不回去，你给我
们路费，让我们回家乡去！"胡智清听母亲这么说，心
里更不好受，说："回家乡去？"胡母说："你不管接我
们，难道还不管送我们？如果你不管也可以，我们就
是讨饭也要走！"

春生夫妻眼巴巴地看着胡智清，看他回答些什么。
"回去做什么，家乡也不好活。"胡智清蹲在老太太的
身边。胡母说："你这儿就好活了吗？我们是乡下人，
就是饿死也饿死到乡下去，像上海这种花花世界，我
也看不惯。"

胡智清把唾沫都说干了，也没有说转老太太的心

☆胡智清对老太太说："您跟我们作小辈的生什么气？走，跟我回家吧。"
老太太不愿回去，并让他买船票回乡下去。胡智清说乡下也不好过，老
太太却表示："就是饿死也死在乡下……"

思，只好怅怅地走了出来。在一种难以形容的忧愁和寂寞中，胡智清在马路上毫无目的地走着。那从商店里面传出来的音乐，是动人的，也是悲伤的。

"胡先生！"在他背后，有人在叫他。当他回过身来的时候，他看见金先生刚从三轮车上跳下来，于是他兴奋地伸出手来。胡智清问："到哪儿去，金先生？"金先生急切地说："我正要去找你，又兰大概是要小产，快去看看吧！"胡智清突然像触了电一样颤抖了一下，跟随着金先生，慌忙向远处走去。

胡智清跟随金先生到了家里。他刚刚走到卧室的门口，恰巧金太太陪着医生从里面走了出来。金太太又高兴又着急地对他说："吵什么架呀，你看多可惜，

☆胡智清只好怅怅地走了。他走到一家商店门口，被金先生叫住。他告诉胡智清，又兰小产了。赶到金先生家，刚要进卧室，金太太陪医生从里边走出来。金太太说："多可惜，一个男孩。"医生说："不要进去，让她睡一睡吧。"

一个男孩子。"医生拦住他说："不要进去，让她睡一睡吧！"

夜晚，窗外没有星星。胡智清忧烦地吸着烟，在外室走来走去，金家夫妇沉默地坐在一边。他用鼻子哼着说："你们看，又兰好像还不谅解我，其实……""我知道你也是很苦的，"金太太很同情地说，"可是又兰今天能做到这种地步，我觉得已经算不错了。"胡智清左右为难地说："我晓得，我很对不住她，我也对不住我的母亲，她老人家带着二兄弟他们到阿珍家去住了，我怎么劝，也不肯回来。"又兰和妮妮正睡在床上。听了这一番话，又兰实在感觉心里难过。

"好了，我们谈谈要紧的吧！"金先生点燃了一根

☆夜晚，胡智清在外屋说："又兰好像不谅解我……"金太太说："她做到今天这一步，已经算不错的了。""我晓得，我对不起她，也对不住我的母亲……"胡智清感到左右为难。

香烟，"现在又兰小产后热度相当高，恐怕以后还得请医生来看，原来用去的钱，我们老朋友了，还算什么呢。不过我的经济状况你是知道的，所以你也得准备点……""好吧，我去想办法！"胡智清的声音有些发抖，充满了羞耻的感情。

☆金先生说："咱说点要紧的吧。又兰小产后热度很高，我的经济状况你是知道的，你也得准备点……"胡智清答应去想办法。

又兰在屋里听着，眼泪像数不清的豆子一样掉下来。当胡智清走进来的时候，她用被蒙住头，呜呜咽咽地泣出了声音！

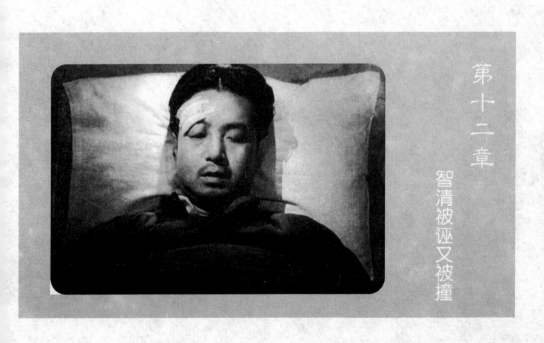

第十二章

智清被诬又被撞

一辆红色的新式汽车，这时正在马路上像示威一样地奔驶着。在这汽车里面，无线电正放着肉麻的舞曲，钱剑如拥抱着汪小姐，朱秘书拥抱着马小姐，没有一点羞耻地谈着一些下流的不堪入耳的话。他们都醉得像疯子一样。

☆胡智清挤进了公共汽车里，正在为钱的事发愁。他身旁坐着一个胖子。

　　胡智清挤上公共汽车，车上拥挤不堪。快到另一个汽车站的时候，卖票员喊着："前面到站了，走出来，里边的走出来啊！"

坐在胡智清边上的一个胖子，一面答应"有"，一面走了出去。接着又有一个人坐在这个空出来的位子上面。

胡智清忽然看到有一个皮夹落在他的脚边。那个钱包里好像还有不少钱。

☆过了一会儿，胖子起身离座准备下车。胡智清发现脚下有个东西，低头一看……

胡智清本来想拾起来还给那个人，可是他忽然想起妈要路费回乡下，金先生要他带些钱来请大夫，于是他就用脚把皮夹拨了过来，然后装着用手帕揩鼻子，故意使手帕落在地上，偷偷地把皮夹拿起来，放进自己的衣袋里面。

那个胖子走到车门要下车的时候，突然发觉自己遗失了皮夹，惊呼着："喂，不要开门，谁也不能下

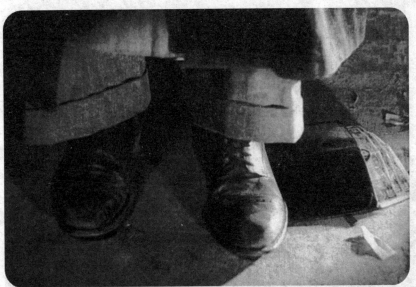

☆原来是个钱包，包里好像有不少钱。

☆胡智清把钱包捡起来想还给胖子，可想起母亲要买船票，金先生要
他带钱去请大夫，便把钱包收了起来。

车，我掉了皮夹，里边有两百美金，我得搜！"

一个乘客冷笑着说："笑话，谁偷了你的钱啦，你搜！"胖子吼叫着："你没偷，就不用怕！"另外一个乘客也嘀咕起来："岂有此理，你怎么能随便搜人？""要搜，把车开到警察局好了！"第三个乘客说着俏皮话。于是全车的人都喊着："开到警察局去！"

☆胖子临下车时发现丢了钱包，说钱包被车上的人偷了，要关着车门挨个搜。

在人声沸腾中，胡智清举着皮夹，打算送还给胖子："呃……呃……先生，你的皮夹在这儿呢！你丢在座位下边。"胖子突然用手抓住胡智清的领子，恶狠狠地说："什么，丢在座位下边了？他妈的，我要不闹，你会拿出来？""你这是干什么，我又不是偷你的！……"胡智清也生气地叫起来。"是他偷的，我看见他在口袋里拿出来的！"一个乘客向胖子媚笑着。胖子怒吼着："他妈的，叫你偷老子的东西！"

☆胡智清举起皮夹要还给胖子，那胖子却说是胡智清偷的，上去一拳把胡智清的鼻子打得直流血，胡智清也扑了上去，两个人扭打在一起。

　　胖子一拳打在胡智清的鼻子上，血滴滴答答地流出来。胡智清也疯狂地扑了上去，于是两人扭打成一团。乘客们有的说"算了"，有的说"叫警察去"，有的说"下去打"，也有人在喊着"开车"。

　　小赵跑过来一把把胖子拉开来说："你不要打他，他是我的朋友，他不会偷你的东西的，我是公共汽车上的！"胡智清因为体力不支，被胖子打得狼狈不堪，他看见了小赵，眼泪几乎流下来。

　　"你做什么的？"胖子蛮横地挥动着拳头问。"我是公共汽车上的。"小赵冷冷地回答。"你们是他妈的一同作弊，去你妈的！"胖子"嗖"的也给了小赵一拳。
小赵像一头小老虎一样和胖子扭打起来，他使劲地喊
着："智清，你跑！智清，你跑！……"

☆后面又来了辆公共汽车，车上的司机正好是小赵。他跑下车来，把胖子
拉开，说胡智清是他的朋友，不会偷东西。胖子说小赵是一同作弊，嗖
地给小赵一拳。小赵同胖子扭打起来："智清，快跑……"

      胡智清跳下车来，拼命地跑去，车上的人喊着
"追"，还夹杂着笑声。他从一条小巷子里跑出来，气
几乎都喘不过来了，头晕眼花，抬头看看天，天黑黝
黝的像要向他压下来，低头看地，地也像在摇荡着，
使他有点站不住。在这天旋地转中，他竟然跑到了马
路中间。

      这时，钱剑如那辆红色的新式汽车飞驶着，恰巧
把胡智清撞倒了。钱剑如一见自己的汽车闯了祸，大
声地向司机喊着："快开，快开！"那辆车子像风一样

飞过去了，胡智清昏倒在地下。

☆胡智清下车跑进一条小胡同，气喘吁吁，头晕眼花，却被钱剑如的轿车
　撞了个仰面朝天。钱剑如见是胡智清便命令司机："快开，快开！"

　　警察和马路上的行人都集拢过来，"参观"这位不
幸的倒下的人！等了半天，才听到警笛呜呜吹起来！
在胡智清的家里，电话突然"叮零零"地响了起来。

　　陈太太拿起电话："喂，哪儿？姓金啊，你找谁？
胡先生，等一等。"陈太太走到楼梯口便喊："胡先生，
胡先生，电话！"

　　可是，二楼上面是静寂的，没有人答应，连那房
门还像昨天一样紧紧地锁着。她在楼上转了一个圈，
又走下楼，重新拿起电话："喂，胡先生没在家。不知
道，昨天晚上他一夜都没有回来。有什么事？啊，胡
太太小产了？一个男孩子，哎呀，多可惜呀，怎
么……身上发热！唉，好好。"

　　恰在这时，阿珍从外面走了进来："陈太太，早!"陈太太一看是阿珍，连忙说："早，你看见胡先生吗？胡先生一夜没回来，请到我房里坐一会儿吧!"阿珍若有所思地说："没看到!……"

　　胡智清躺在医院的病床上，依然昏迷不醒。警察和医生在搜看他的衣袋，从袋里搜出来的都是当票和一些零碎钱，但没有找到一张名片。

　　医生站在他的床边，双手吃力地叉着腰，表示焦虑的样子。警察走到医生前面："你说麻烦不麻烦，连一张名片都找不到。既不知道他的姓名，也不知道他的住址，去哪儿通知他的家属呢？"

　　医生摇着脑袋说："他的脑筋受了震动，幸运的话，不会有生命危险，但至少也得昏迷几天。"

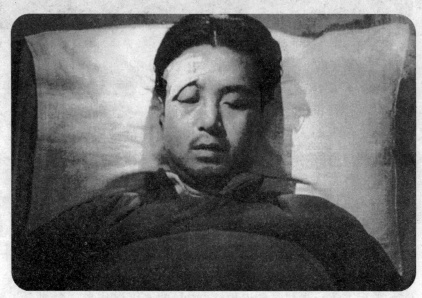

☆等了好长时间警车才来。胡智清被拉到医院仍然昏迷不醒。医生不知他的住址和姓名。

第十三章

齐心协力渡艰时

这是一段混乱的日子。胡家里仍然没有一个人，门上落着锁。胡智清的病状没有一点起色，仍然昏迷地睡在床上。为了又兰的病，金先生和医生天天给胡智清打电话。小赵、春生夫妇、阿珍，天天像侦探一样询问着胡智清的下落。白猫咪咪被锁在房子里面，那种饥饿的叫声，真使人心酸！

☆四五天以后，小赵和春生还没找到胡智清的下落。大家都很着急。

在阿珍的家里，为了寻找胡智清的事，大家围坐在一起，想不出一个好对策。"赵先生，"胡母很伤心地说，"我看你回去吧，你已经累了四五天了，别把你的事情也弄掉了！""没有关系。有代班！"小赵也很凄然地说，"我一定要把他找到，奇怪，他到哪儿去了呢？""真也奇怪，小赵！那天晚上你说有人诬赖他偷东西，你是亲眼看见他跑掉了，没有被警察抓住？你要说实话！"阿珍用一种责备的眼光注视着小赵。小赵说："你看怪不怪？他要是真偷东西，真被警察抓去，我根本就不会把这件事情告诉你们，那天那个大胖子抓住我的领子，我使劲地喊：'智清啊，你跑，你跑！'我明明看着他跑掉的！"

胡母闭着眼睛沉思了一会儿，然后说："你们去做你们的事吧。老二，你也去蹬你的三轮去，让我去找。"春生用哭泣的声音说："我……我还有什么心思去蹬三轮呢？""不要难过，难过有什么用呢！"小赵劝慰着，"好好，你们再跟我去找吧！"胡母坚决地说，"我也去！""您去干什么呢？还是我去吧！"春生生气地说，"阿珍姐，来来来，你们坐我三轮去。"

大家走后，只有胡母一个人留在屋子里面。她闭着眼睛，悲哀地向老天爷拱着两只手："智清，智清！"最后，她终于也提起手杖，向外面走了出去。

在胡家住的楼下面，陈太太正在烧香，那烟雾像雾气一样，在升起和飘散。老太太一声不响地往楼上走去，陈太太带着一种安慰的神情说："老太太，您来了。"胡母向她点了点头说："来了！"陈太太关切地问："您找到了您的大儿子么？唉，过穷日子吵什么呢？唉，多可惜呀，不然，明年您抱个大孙子多好哇！"胡母问："什么，你说什么？"陈太太说："您还不知道哇，那天吵完了架以后，您的大儿媳妇小产了啊，是一个男孩子！"

☆老太太也知道了胡智清失踪的消息，焦急地跑回家来。房东陈太太告诉她又兰小产的事，她心里十分难受，独自爬上晒台楼，看着屋里凄惨的景象，格外痛心。

　　胡母一声不响地直往楼上走去，但是她听到最后一句的时候，却停止了脚步。胡母的脚步突然慢下来，好像拖了一块大石头一样，自言自语地说："小产了？……"

　　她走上了二楼，门仍然紧紧地锁着，她从门缝里，向屋里张望了半天，听见了小猫咪咪在饥饿地凄叫，使她的身子有些战栗。她站在晒台楼的前面，四顾茫然，眼睛上浮出一层薄薄的泪水。

　　小赵、阿珍和春生他们来到金家打听胡智清的下落。金太太小声对小赵说："我这儿也找他呀！……你

们不要进去，她今天刚好一点了，这件事情可不能告
诉她呀！"小赵央求着："我们进去看看她好吗？""不
必了，她现在正在睡着。"金太太很婉转地谢绝了。

又兰在房里听见了他们谈话的内容，实在不能再
忍了，忙问："谁？小赵，小赵！"小赵他们听见又兰
的叫声，都走了进去。又兰说："我都听见了，智清出
了什么事，你们赶快告诉我。""没出什么事，"小赵忸
忸怩怩地说，"就是找不到他了，我们连找四五天，到
处找不到。"

"二兄弟，你告诉我，你大哥出了什么事？"又兰
着急地追问着春生。春生含着眼泪说："没……没出什
么事，大嫂，你放心好了！""我跟你们一块儿去找！"

☆春生他们来到金先生家打听胡智清的下落。又兰听说胡智清失踪了好几
　天，急得马上就要起床和大家一起去寻找。大家把她拦住了，要她安心
　调养。

又兰说着就撩开被子，从床上爬下来。大家一齐去阻拦她："不不，大嫂，你不要去，让我们去找好了，没关系，没关系。"金太太埋怨着："快去吧，快走吧。又兰，你用不着去，我跟他们去好了！"妮妮也突然哭喊着："我去，我跟去！""好好，别吵，你跟去！"金太太哄着她。

大家都走了以后，又兰孤独地坐在床上，愁苦地喊着："智清，智清！"最后，她也走了出去。

又兰走回家以后，把门锁打开，跨进屋里来的时候，饥饿的小猫咪咪扑到她的身上，她像见了亲人一样，把它抱在怀里。她看见墙上的结婚照片，不禁流了泪，她呜咽着哭起来了！

☆又兰心急如焚，拖着小产后虚弱的身子，踉踉跄跄地跑回家来。打开
　紧锁多天的房门，只有小猫咪饿得喵喵喵直叫。举目望去，满屋凄凉。

— 201 —

胡母在晒台楼里面听见这种熟识而凄切的哭声，马上向胡智清的屋子跑来。婆媳两个默默相对，都被说不出的痛苦缠住了。又兰投在婆婆的怀里，叫了一声"妈"，又痛苦地大哭起来。

☆老太太和又兰都听到了对方屋里有动静。她们不约而同地从自己房间里走出来。几乎同时看到了分隔已久的亲人，百感交集。

胡母抚摸着又兰的背，怜爱地说："你怎么也出来了，别被风吹着呀，快到里边去，快到里边去！"又兰哭得像一个泪人一样。"你不要哭，又兰，不要哭。"胡母也流出了眼泪，"我问你，智清走的时候，他没有跟你说什么吗？"又兰抽泣着说："妈，智清如果有什么不测，我也活不了。"

胡母安慰又兰说："不哭，不哭，他会回来的，他不会……唉，智清要像赵先生和阿珍他们就好了。他们朋友多，心肠好，谁有苦有难就帮谁。智清错就错

☆又兰和老太太紧紧地拥抱在一起，又兰在老太太怀里痛哭起来：
"智清如果有什么不测，我也活不了。"

☆老太太说："智清要像小赵和阿珍那样就好了。他们朋友多，好心
肠，谁有苦有难就帮谁。他应该向小赵和阿珍学一学。"

在相信了钱剑如这种人；他真应该跟赵先生和阿珍他们学一学。"

老太太这句话还没有说完，胡智清已经来到门口。他刚要说话，却又晕倒了。胡母和又兰看到胡智清当然是又惊又喜。眼见他晕倒了，她们连忙跑过来扶他。

胡智清慢慢苏醒了。他眼中含着泪对母亲说："妈，您的话我都听见了，我正应该这样做。不要怕，我是因为看见你们都回来了，特别高兴……"

☆老太太和又兰正说着，胡智清回来了。他一进门又晕倒了。

老太太半惊半喜地说："孩子。你这是往哪儿去了？到底出了什么事了？可真急死我们了！"胡智清叹了一口气说："唉，有人诬赖我偷东西，打我。结果小赵帮我解了围。我跑出去以后，稀里糊涂地上了大街，

☆胡智清醒过来以后，眼含着泪说："妈，您的话我都听见了，我应该那样做。不要怕，我是因为看见你们都回来了，特别高兴……"

☆老太太问胡智清到底出了什么事。胡智清说："有人诬赖我偷东西，打我，又被汽车撞了。"老太太说："唉，都是我不对。"又兰说："不，都是我不对。"

结果又被汽车给撞了。"又兰看见自己的丈夫被人打成
这个悲惨的样子，不禁呜咽起来。胡母此时又难过又
后悔地说："唉，都是我不对。""不，都是我不对！'"
又兰不好意思地辩驳着。胡智清叹了一口气说："不，
都是我不对！"

这时，门外传来阿珍的声音："不是你们不对！你
们都对！"在阿珍的后面，紧跟着春生夫妇和许多男女
工人，都欢笑着立在门口外面，阿珍继续着说："是这
年头儿不对！"大家看见了胡智清，都高兴极了。

☆这时门外传来阿珍的声音："你们都对，是年头不对！"在阿珍的后边跟
着春生夫妇和许多男女工友。欢声笑语淹没了一切愁苦。

胡智清百感交集地说："是年头不对了！让我们紧
紧地靠着吧。"大家齐声呼应。一时间，欢声笑语淹没
了一切的愁苦。

☆胡智清百感交集地说："是年头不对了，让我们紧紧地靠着吧!"

☆抬眼望去，窗外已是万家灯火。

抬眼望去，外面已是万家灯火的时候了。

电影传奇

编剧阳翰笙小传

    阳翰笙（1902—1993），编剧、戏剧家、作家，中国新文化运动先驱者之一，原名欧阳本义，字继修，笔名华汉等，四川高县人。1902 年 11 月 2 日出生于四川省高县罗场的一个丝茶商家庭。

    1920 年进入成都省立第一中学学习。在校期间，受十月革命和"五四"运动的影响，曾与李硕勋等自发组织社会主义青年团，领导学潮，反对尊孔读经和军阀委派的官僚校长。1923 年，到北京求学。期间结识了在中法大学学习的陈毅，1924 年秋，考取了上海大学社会学系，同年正式加入中国社会主义青年团。1925 年"五卅惨案"发生后，他被派到中华全国学生联合总会工作，并代表全国学联参加上海工商学联合会总会工作，协助萧楚女编辑《工商学联合日报》，同年加入中国共产党。

    "四·一二"事变以后，他先后被派到国民革命军第六军、第四军政治部，协助林伯渠等工作。1927 年底，阳翰笙和李一氓参加创造社，共同编辑《流沙》周刊和《日出》旬刊。1929 年冬，上海文艺界筹备组织"中国左翼作家联盟"，阳翰笙为 12 人筹备组成员之一。从 1928 年到 1932 年，他创作了短篇小说 10 多篇和中篇小说 8 部，其中由《深入》、《转换》、《复兴》组成的长篇小说《地泉》，反映了大革命时期农村土地革

命、城市职工运动和知识分子的生活斗争。1932 年，"左联"成立了电影小组，阳翰笙写了电影剧本《铁板红泪录》、《中国海怒潮》等，是中国电影最早反映革命斗争、体现反帝反封建要求的作品。

1936 年底，阳翰笙创作了第一个话剧剧本《前夜》，较早以文艺样式提出了反内战、反投降的问题。1937 年秋，阳翰笙奉中共长江局之命，在文艺界从事抗日统一战线工作。他和冯乃超、老舍等人先后发起组织了"中华全国电影界抗敌协会"、"中华全国文艺界抗敌协会"，团结文艺界人士从事抗日救亡斗争。同年，他创作了 5 幕历史剧《李秀成之死》，在抗战初期产生了巨大影响。1938 年春，国民政府军事委员会政治部在武汉成立，阳翰笙任第三厅主任秘书，协助郭沫若组织工作。1938 年阳翰笙又应赵丹、陶金等人要求，将电影剧本《塞上风云》改编为 4 幕话剧。1942 年，他写作了 5 幕历史剧《草莽英雄》；1943 年，写成 4 幕讽刺喜剧《两面人》（又名《天地玄黄》）；1944 年写成 5 幕话剧《槿花之歌》。

抗战胜利后，在中共南方局领导下，阳翰笙和冯乃超等组织指导了中华剧艺社和各抗敌演剧队的复员东下工作。随即他回到上海，组建了昆仑影业公司，创作了电影《万家灯火》、《三毛流浪记》。与此同时，他受中共组织的委托，和于伶等人组织以上海为中心的国民党统治区戏剧运动，进行反蒋的民主斗争。1949 年 3 月，他经由香港到达北平，参加全国第一届文学艺术工作者代表大会的筹备工作，并在大会上被选为中国文学工作者协会、中国戏剧工作者协会全国委员、中国电影艺术工作者协会主席。

新中国成立后，阳翰笙历任政务院文教委员会委员兼副秘书长，总理办公室副主任，中国文联副主席、秘书长，中央国际活动指导委员会委员，对外文化协会副会长等职。1960年，他以知识分子参加土地改革为题材写作了4幕话剧《三人行》，由中央实验话剧院演出，获文化部会演一等奖。后来，他又创作了反映塞北农村集体化的电影《北国江南》。在"文革"中，他蒙受不白之冤，被囚禁达9年之久。1979年后，他恢复中国文联副主席职务，主持中国文联日常工作直到逝世。

阳翰笙一生著作无数，在近半个世纪的历程中，创作了两部社会科学著作，8部中篇小说，10余部短篇小说，17部电影剧本，8部话剧剧本，近200首新旧体诗歌，两部日记，数篇文艺论文，数十篇回忆录。

导演沈浮小传

　　沈 浮（1905—1994），剧作家、导演。原名沈吉安，又名沈哀鹃、百宁，天津市人。

　　他出生在天津一码头工人家庭，生活贫困，虽勤奋好学，但小学没毕业就到照相馆学徒，并利用工作之便偷学摄影。1924 年考入天津渤海影片公司当演员，自编自导自演喜剧片《大皮包》。1933 年进上海联华影业公司，编辑《联华画报》，编导过一些影片。1938 年与陈白尘、白杨等组织上海影人剧团，担任话剧、电影导演。1941 年后创作电影文学剧本，编创话剧《重庆二十四小时》、《金玉满堂》、《万家灯火》等。

　　抗日战争胜利后，到北平任"中电"三厂编导、副厂长，并于 1947 年编导完成电影《追》。后加入上海昆仑影业公司。

　　新中国成立后，沈浮主要从事导演工作。先后编导了《斩断魔爪》、《万紫千红总是春》等 10 多部影片。1959 年加入中国共产党。曾任中国影协上海分会主席。

1994 年，获得首届中国电影导演协会年会"终身成就奖"。

沈浮参与的电影

《李大少》 …………………………… 1920 年

《大皮包》 …………………………… 1926 年

《出路》 ……………………………… 1933 年

《冷月狼烟录》（原名《无愁君子》）…… 1935 年

《迷途的羔羊》《狼山喋血记》 ………… 1936 年

《联华交响曲》《镀金的城》《密电码》《自由天地》

《天作之合》 ………………………… 1937 年

《圣城记》 …………………………… 1946 年

《追》 ………………………………… 1947 年

《万家灯火》 ………………………… 1948 年

《乌鸦与麻雀》《希望在人间》 ………… 1949 年

《斩断魔爪》 ………………………… 1954 年

《李时珍》 …………………………… 1956 年

《老兵新传》《万紫千红总是春》 ……… 1959 年

《六十年代第一春》 ………………… 1960 年

《北国江南》 ………………………… 1963 年

《阿夏河的秘密》 …………………… 1976 年

主演蓝马小传

蓝马（1915—1976），中国话剧演员、电影演员。原名董世雄，北京人。蓝马自幼酷爱京剧、曲艺，常求教于马连良、金少山及刘宝全等名演员。1931年蓝马入上海联华影业公司北平电影人才传习所。1932年夏，他参加中国左翼戏剧家联盟北平分盟领导下的剧社，进行抗日救亡剧演出活动。1934年加入中国旅行剧团，后入山西西北影业公司。

抗日战争爆发后，他流亡于西安、武汉、香港等地。其间，在蔡楚生编导的《孤岛天堂》中首次涉身影坛。后抵达重庆。1942～1945年他在中国艺术剧社

上演的《一年间》、《家》、《草木皆兵》、《戏剧春秋》、《清明前后》等10余部大型话剧中担任重要角色，并因饰演《戏剧春秋》中陆宪揆而名噪重庆。

1946年，蓝马在上海剧艺社演出的《升官图》中饰省长，动作夸张而自然贴切，激起观众的共鸣。1947年，他参加昆仑影业公司，至1949年连续拍摄了《天堂春梦》、《万家灯火》、《希望在人间》等多部影片，以其娴熟的表演技巧，塑造了各种年龄不同性格的人物形象。

1950年参加中国人民解放军。历任总政治部文工团副团长兼话剧团团长、艺术指导，中国文联第一届委员，中国影协、中国剧协第一届理事，是第二届全国政协委员。1950~1956年，曾演出《控诉》、《三八线上》、《首战平型关》、《万水千山》等剧。在话剧《万水千山》中饰李有国，1956年获第一届全国话剧会演表演一等奖。蓝马曾当选为中国人民政治协商会议第三届全国委员会委员。

主演上官云珠小传

上官云珠（1920—1968），中国著名电影表演艺术家，江苏江阴人，原名韦均荦、韦亚君。曾任中国影协会员，上海影协常务理事，上海市政协第一、二届委员和第三、四届常务委员。

1937年，她的全家为了避战乱而到了上海。1938年，上官云珠进何氏照相馆任职。1940年考取华光戏剧学校，首次在洪深的独幕剧《米》中登台亮相。不久，又进入新华影业公司的演员训练班。1941年，在艺华影业公司拍摄了她的处女作《玫瑰飘零》，从而走上银幕。在主演由名导徐欣夫掌镜的新片《王老虎抢

亲》时，著名导演卜万苍专门为她取了"上官云珠"
的艺名。

抗战胜利后，她为中电二厂和文华影业公司拍片，
在《天堂春梦》、《太太万岁》中都有精彩的表演。1947
年上官云珠入昆仑影业公司。这是她在人生和艺术道
路上的一个转折点。在影片《一江春水向东流》中，
饰演了满身珠光宝气的"汉奸夫人"何文艳；在《万
家灯火》中饰演了传统型的贤淑主妇又兰；在《希望
在人间》中饰演了坚定沉着的教授夫人、妇科医生陶
静寰；在《乌鸦与麻雀》中饰演了忍辱负重的华太太，
她所精心创造的这些银幕形象，人各有貌，性格鲜明，
真切感人，受到舆论界的高度赞扬和广大观众的热烈
欢迎。1952 年，在全国第一届优秀电影评比中，《乌鸦
与麻雀》获金质奖，受到毛泽东、周恩来的亲切接见。
为表彰其在《乌鸦与麻雀》中的出色表演，1957 年于
文化部 1949—1955 年优秀影片评奖中曾获得个人一
等奖。

新中国成立后，上官云珠努力改变戏路，进行脱
胎换骨地"转型"。1955 年，参演了上海电影制片厂的
电影《南岛风云》。上官云珠一改在银幕上似乎早已定
型了的"交际花"、"阔太太"形象，把一个历经千难
万险的女人公演绎得让人看呆了眼。"文革"期间，上
官云珠遭到迫害，因不堪忍受折磨于 1968 年 11 月 23
日跳楼自杀。

1995 年获中国电影世纪奖最佳女演员奖。

上官云珠参与的电影

《玫瑰飘零》《国色天香》《黑衣盗》 ⋯⋯ 1941 年

《泪洒相思地》《花月良宵》《鸳鸯泪》《大饭店》
《贼美人》 …………………………………… 1942 年
《天堂春梦》 ……………………………… 1946 年
《乱世儿女》《太太万岁》《一江春水向
东流》 ……………………………………… 1947 年
《万家灯火》《群魔》《希望在人间》 ……… 1948 年
《丽人行》《乌鸦与麻雀》《三毛流浪记》…… 1949 年
《太平春》 ………………………………… 1950 年
《纺花曲》《彩车曲》 ……………………… 1951 年
《劳动花开》 ……………………………… 1952 年
《南岛风云》 ……………………………… 1955 年
《情长谊深》 ……………………………… 1957 年
《香飘万里》《今天我休息》 ……………… 1958 年
《春满人间》 ……………………………… 1959 年
《他们的心愿》 …………………………… 1960 年
《枯木逢春》 ……………………………… 1961 年
《早春二月》《小铃铛》 …………………… 1962 年
《血碑》 …………………………………… 1964 年
《舞台姐妹》 ……………………………… 1965 年

主演吴茵小传

　　吴茵（1909—1991），原名杨瑛，江苏吴县（今苏州市）人，中国著名电影演员，出生于天津。幼年被父亲送给结拜兄弟做女儿，改姓"杨"。由于其养父家境富裕，所以从小她就对文艺萌发了兴趣。13岁时，其生母又将她领回，同时其生父又遭破产，在上海城东女校国画科学习绘画，当时上海戏剧活动活跃，她在田汉的剧作，应云卫指导的话剧《苏州夜话》中扮演角色。她幸运地参加了《新女性》的拍摄，并于1936年经应云卫介绍加盟明星影片公司二厂。由于她扮演的老年妇女形象——农妇、母亲、女佣等，多姿

多彩，各色各样，一时成为 20 世纪 30 年代末影坛上饰演老年妇女形象的知名影员。

抗日战争爆发后，她随上海影人剧团赴重庆，后又入中华剧艺社，主要从事舞台剧演出，同样也是扮演老年妇女形象，同时，又参加了《火的洗礼》、《塞上风云》、《青年中国》等影片的拍摄。抗日战争胜利后，吴茵返回上海，进入昆仑影业公司，拍摄过《八千里路云和月》、《遥远的爱》、《乌鸦与麻雀》等著名影片。

新中国成立后，她相继又在《武训传》、《我们夫妻之间》、《宋景诗》、《家庭问题》等影片中扮演了重要角色。从《新女性》开始，几十年的电影生涯，她饰演了中国社会各个阶层，各种类型的中、老年妇女形象，以善饰演"老太婆"而享誉影坛，堪称中国影坛"第一老太婆"。

在"文化大革命"期间，吴茵受到迫害。1978 年以后，她还参与了《这不是误会》等影片的拍摄。1985 年吴茵加入中国共产党，1991 年去世。

吴茵参与的电影

《新女性》 ………………………… 1934 年

《都市风光》《小姨》 ……………… 1935 年

《花花草草》《清明时节》《生死同心》 … 1936 年

《十字街头》 ……………………… 1937 年

《塞上风云》 ……………………… 1942 年

《八千里路云和月》《遥远的爱》《一江春水向东流》 ……………………………… 1947 年

《大团圆》《万家灯火》《新闻怨》 ……… 1948 年

《乌鸦与麻雀》《希望在人间》 …………… 1949 年

《武训传》 ……………………………… 1950 年

《我们夫妻之间》 ……………………… 1951 年

《纺花曲》 ……………………………… 1953 年

《宋景诗》 ……………………………… 1955 年

《小白旗的风波》《小伙伴》 …………… 1956 年

《今天我休息》 ………………………… 1959 年

《球迷》 ………………………………… 1963 年

《家庭问题》 …………………………… 1964 年

《这不是误会》 ………………………… 1982 年

《男人的世界》 ………………………… 1987 年

《落山风》 ……………………………… 1990 年